Les plus belles HISTOIRES de princesses et de fées

Illustration de couverture : Lilidoll

FLEURUS

Direction : Guillaume Pô
Direction éditoriale : Sarah Malherbe
Edition : Anna Guével
Direction artistique : Elisabeth Hebert, Mathilde Dufau
Directeur de fabrication : Thierry Dubus
Fabrication : Audrey Bord

57, rue Gaston-Tessier, 75166 Paris Cedex 19
ISBN : 978-2-2151-7542-1
MDS : 651681N1

Les plus belles

HISTOIRES

de princesses et de fées

FLEURUS

La princesse des tomates

Agathe était une charmante petite princesse qui raffolait des tomates. Confites, en boîte, farcies, en sauce ou en salade, elle les aimait sous toutes les formes. D'un bout à l'autre du royaume, tout le monde connaissait la passion d'Agathe pour les tomates. Aussi, lorsque le roi organisa une grande fête pour l'anniversaire de sa fille, des dizaines de princes affluèrent vers le palais, des tomates plein leurs bagages. Pour faire plaisir à son père qui espérait la marier, Agathe les reçut un à un.

L'un d'entre eux lui apporta un panier de tomates d'une variété inconnue. Un autre jongla avec des tomates. Un troisième sculpta son visage dans une tomate géante. On vit ainsi toutes sortes de choses les plus folles : machine à cirer les tomates, manteau en peau de tomates, peinture à la tomate…

Au milieu de ce défilé, Agathe s'ennuyait.

Tous ces princes qui cherchaient à lui plaire en lui parlant tomate, en chantant tomate ou en peignant tomate, l'agaçaient. Certes, Agathe aimait les tomates, mais sa vie ne se résumait pas à cela.

À la fin de la journée, un prince s'approcha timidement.

Il ne portait rien, ne semblait s'être déguisé en rien. Intriguée, Agathe l'écouta.

« Chère Agathe, je vous aime ! déclara-t-il simplement. Malheureusement, il y a peu de chances pour que vous m'aimiez aussi.

– Pourquoi ne pourrais-je pas vous aimer ? demanda Agathe, émue par ce prince si différent des autres.

– C'est que… hésita-t-il. Je n'aime pas du tout les tomates », lança-t-il dans un souffle.

Agathe éclata de rire, soulagée. Le prince tout confus se mit à rougir, rougir, rougir… au point de devenir rouge comme une tomate !

Agathe le trouva si charmant qu'elle tomba immédiatement amoureuse. Avec lui, elle en était sûre, elle allait découvrir mille choses fabuleuses. Et lorsqu'on lui servirait d'autres légumes que des tomates, il lui suffirait de regarder son prince rougir pour retrouver aussitôt le sourire.

Le fantôme de Trézec

Une lune ronde éclairait les tours menaçantes du château. Un cri étrange résonna dans la nuit et le chevalier Jehan dut calmer son cheval inquiet : « Ce n'est qu'une vieille chouette, n'aie pas peur ! »

Mais il finit par descendre de sa monture qui renâclait.

« Ohé, du château ! » cria-t-il devant la porte fermée.

Le pont-levis descendit en grinçant, mais quand Jehan s'y engouffra, il ne vit personne.

« Je cherche un abri pour la nuit ! » dit-il encore en arrivant dans la cour.

Seul le vent qui faisait tourbillonner les feuilles mortes lui répondit dans un sifflement sinistre. Il avança d'un pas.

« HOOOOU ! »

Il sursauta. Cette fois, ce n'était pas une chouette !

Les paroles d'un voyageur lui revinrent à l'esprit : « Le château de Trézec est hanté ! Le fantôme a même fait disparaître damoiselle Aude. Tous les chevaliers qui sont allés là-bas sont revenus terrifiés. »

Mais Jehan était courageux… et curieux.

Soudain, une silhouette blanche apparut au fond de la cour. Jehan, qui ne croyait pas aux fantômes, sortit son épée et courut vers elle. Mais un nuage cacha la lune et, quand il s'éloigna, le fantôme avait disparu.

« Hahaha ! »

Un rire métallique retentit dans la cour. Au même moment, un terrible bruit de chaînes se fit entendre et Jehan aperçut le fantôme filer d'une tour à l'autre à toute vitesse.

Il monta jusqu'au chemin de ronde et n'en crut pas ses yeux… C'était un système de cordes et de poulies qui faisait glisser un drap ! Plus loin, il vit un tas de chaînes attachées ensemble, qu'il suffisait d'agiter pour faire beaucoup de bruit.

« Bien joué, chevalier ! » fit alors une voix.

Jehan se retourna et découvrit une jeune et très jolie damoiselle.

« Je suis Aude, dit-elle.

– Mais enfin, pourquoi jouez-vous au fantôme ? demanda Jehan, abasourdi.

– Parce que je voulais me marier… mais seulement avec un chevalier courageux ! »

Puis elle lui sourit : « Et je crois que je l'ai enfin trouvé ! »

La princesse Pô-Dhou-Ceu

Dans un lointain royaume de Chine vivait une princesse bien malheureuse. Pô-Dhou-Ceu était très jolie, seulement elle ne sortait jamais du palais car elle ne voulait pas qu'on la voie. Elle avait la peau si sensible qu'elle ne supportait pas le contact du tissu. Ses couturières lui faisaient donc des robes en forme de cloche qui n'étaient pas vraiment jolies.

« De quoi ai-je l'air ? se lamentait la princesse.

Même les éléphants de mon père ont plus de grâce ! »

Pôm-K-Rhot, le jardinier du château, était l'un des rares à l'avoir vue. Tous les soirs, il la regardait se promener, la mine triste, au milieu des jasmins. Il était amoureux d'elle, mais il savait bien qu'il ne pourrait jamais l'épouser.

Un jour, alors qu'il taillait des roses, il entendit, par la fenêtre ouverte, le roi dire à sa fille :

« Le prince Boum-Tchi-Poum m'a demandé ta main. Je vais lui dire oui car tu es en âge de te marier. »

Le cœur de Pôm-K-Rhot se serra, mais la princesse répondit :

« Me marier ?

Avec une robe qui me fait ressembler à une baleine ? Jamais !

J'épouserai celui qui m'offrira une robe de mariage que je pourrai porter sans honte ! »

Le roi, qui ne voulait pas que sa fille soit malheureuse, répondit :

« Qu'il en soit ainsi ! »

Bientôt, tous les princes envoyèrent des robes plus somptueuses les unes que les autres. Mais la princesse n'en supportait aucune. Pôm-K-Rhot s'en réjouissait, mais ne trouvait pas plus que les autres de solution au problème.

Un jour, alors qu'il taillait quelques branches d'un joli arbre qu'on appelle le mûrier, il y découvrit un cocon blanc. Quand il le prit dans la main, il fut surpris par son extrême douceur.

« Ah ! si on pouvait en faire une robe pour la princesse, je suis sûr qu'elle ne lui ferait pas mal ! »

Il décida aussitôt de rapporter le cocon à sa mère qui était couturière au palais. Quand celle-ci toucha le cocon, ses yeux s'éclairèrent et elle dit :

« Vite,
va en chercher d'autres ! »

Un mois plus tard, Pô-Dhou-Ceu enfilait la robe offerte par Pôm-K-Rhot. Avec émerveillement, elle s'écria :
« Elle est si douce qu'elle ne m'irrite pas !

C'est fantastique ! »

Le roi, tout heureux de voir sa fille si radieuse, organisa aussitôt le mariage. Quand elle vit son futur époux, Pô-Dhou-Ceu se mit à rougir :

« Je vous connais !
Depuis longtemps, je vous regarde
de ma fenêtre... »

Et c'est ainsi que la première robe en soie permit à un jardinier d'épouser une princesse !

La tombola de Baba Yaga

Un vent d'agitation souffle chez les sorcières. Baba Yaga, la plus grande sorcière des pays froids, organise une tombola ! Nez crochu ou langue de vipère, si vous êtes une sorcière, venez participer.

« Il suffit de payer trois pattes d'araignée avant de piocher un numéro dans ce chaudron, annonce Baba Yaga devant sa chaumière.

Chaque numéro donne droit à un lot ! »

Les sorcières se mettent aussitôt à rêver. Que vont-elles piocher : un nouveau balai, un corbeau de compagnie, tout un tas de sombres formules… ?

Mais quand vient le tour d'Agatha, la petite sorcière tire un lot bizarre :

« Bravo, fillette ! lance Baba Yaga.

Tu as gagné… un mammouth ! »

Agatha roule des yeux étonnés. C'est un vrai mammouth, énorme et plein de poils !
« Prends-en bien soin ! » glousse la vieille sorcière en lui tendant une minuscule laisse rouge.
Les sorcières éclatent d'un rire mauvais en voyant la plus jeune et la plus belle d'entre elles repartir avec le pachyderme dans la forêt enneigée.
Mais Agatha n'a pas le choix. Car un cadeau de Baba Yaga ne se refuse pas. Sinon, gare à sa colère légendaire !
Arrivé chez la sorcière, le mammouth la suit à l'intérieur de la maison. CRAC !
« Eh ! Ma porte, nom d'un serpent en compote ! s'écrie Agatha. Allez, couché ! Tu dormiras sur le canapé. »
Et SCROC ! le fauteuil s'écrase comme un caramel mou au beurre salé.
Le mammouth prend beaucoup de place. Et en plus… il ronfle ! Quel cadeau empoisonné !
Mais Agatha n'est pas une sorcière ordinaire. Au lieu de rouspéter ou d'essayer de s'en débarrasser, elle s'inquiète de ce qu'elle va lui donner à manger.
Les jours suivants, Agatha a fait contre mauvaise fortune bon cœur. Elle s'est occupée de son mammouth, l'a brossé, dorloté. Elle lui a mijoté de bons petits plats et lui a même fait un bisou avant d'aller au lit. Et FLOUF ! Devinez en quoi le mammouth s'est transformé ?

Quelle farceuse, cette Baba Yaga !

Le concours des petites fées

La lune vient à peine de dévoiler son croissant que la petite fée Tarde est déjà tout excitée : ce soir, c'est le concours des petites fées ! Devant tout le royaume, elles devront réaliser un tour de magie pour montrer leurs pouvoirs. Cette année, l'épreuve sera de transformer une citrouille en carrosse. La petite fée Tarde s'est entraînée toute la journée sous l'œil attentif de sa maman, la belle fée Attention.

Le concours a lieu sur de grands nuages très doux, éclairés par des étoiles dansantes. Des fontaines de guimauve coulent à flots et des nougats volants papillonnent autour des invités.

La petite fée Tarde et ses amies regardent les citrouilles avec nervosité.

Le silence s'installe peu à peu et tous les regards se fixent sur elles...

La fée Nomène transforme une première citrouille en carrosse gourmand : les portes sont en gaufre, les roues en sucre d'orge, les chevaux sont poudrés de noix de coco. Les fées et les magiciens applaudissent à tout rompre.

À son tour, la fée Railleuse change une citrouille en carrosse somptueux, fait de bois précieux et tiré par une licorne !

Soudain, des petites sorcières malicieuses, agrippées à un rayon de lune pour regarder le spectacle, ont une méchante idée : elles se métamorphosent en souris et envahissent la scène. La licorne, terrorisée par les souris, se met immédiatement à courir en tous sens, effrayant les invités. Heureusement, la petite fée Tarde a une idée géniale. Elle décide de transformer l'assistance en chats... qui se lancent aussitôt à la poursuite des souris ! À deux doigts d'être croquées, les souris redeviennent sorcières et s'envolent sur leur balai.

Égayées par cette aventure, les fées retardent le moment de reprendre leur apparence. Elles en profitent pour passer le reste de la soirée à jouer à chat perché, à mimer des charades et à faire des entrechats...

L'ombre amoureuse

Il y a bien longtemps, un roi voulait marier sa fille.

Il envoya des messagers avec le portrait de la jolie princesse aux quatre coins du monde : « Que les princes de tous les pays accourent au royaume de la Lumière aussi vite qu'ils le peuvent. Je marierai ma fille avec le plus rapide d'entre eux. »

À l'annonce de ce concours, certains princes se mirent en colère.

Ils dirent aux messagers : « C'est injuste ! Il existe des royaumes plus proches du vôtre que le mien. Leurs princes sont sûrs de gagner la course. »

Les messagers hochaient la tête et répondaient : « Le plus amoureux d'entre vous saura bien arriver le premier. C'est ce que dit notre roi. »

Le sultan d'Arabie monta sur son tapis volant, le grand chef des Indiens d'Amérique enfourcha son aigle royal, le seigneur du Japon fit seller son dragon. Chaque prétendant se mit ainsi en route à la vitesse du vent.

Tout au bout de la Terre, le beau et vaillant prince des Banquises régnait sur son continent de neige. Lorsqu'on lui présenta le portrait de la princesse, l'amour tomba subitement sur lui comme un coup de foudre.

Il se produisit alors une chose étrange : son ombre se détacha de lui et disparut aussitôt !

Il ne voulait pas perdre de temps à la chercher et embarqua sans elle sur son iceberg flottant pour rejoindre l'élue de son cœur.

Le prince des Banquises était un excellent rameur, mais il lui fallait traverser l'océan et ses tempêtes. Il voyagea un mois entier. En arrivant à destination, sans illusions il questionna un garde de la porte du palais : « Votre princesse est-elle déjà mariée ?

— Non, répondit le garde, car il se passe une chose étrange. Depuis un mois, l'ombre d'un homme couronné s'est attachée à celle de la princesse. Le roi fait rechercher le prince à qui appartient cette ombre, car les deux ombres se tiennent par la main et elles sont inséparables ! »

À ces mots, le prince des Banquises se précipita dans le palais, où régnait une grande agitation. Plusieurs princes venaient tenter leur chance : l'un après l'autre, ils superposaient leur ombre à celle de l'inconnu. Aucune d'entre elles n'était aussi grande, aussi fine, aussi majestueuse.

Le prince des Banquises attendit son tour.

Lorsqu'il s'avança vers la princesse, le roi s'écria : « Votre silhouette et même votre couronne de stalagmites se marient parfaitement avec cette ombre !

— C'est surtout avec votre fille que je désire me marier », répondit le prince.

Le roi éclata de rire et tout le bonheur du monde brilla dans les yeux de la princesse.

Les noces eurent lieu aussitôt.

Les mariés, unis pour toujours, se tiennent par la main aussi fièrement que leurs ombres…

Miss Princesse 1762

L'élection de Miss Princesse 1762 se tenait dans le petit royaume de Landeronde. Comme tous les ans, des princesses du monde entier s'y pressaient dans l'espoir de porter la couronne.

La sélection de Dame Guenièvre, qui veillait sur cette élection, était fort sévère. Une princesse trop ronde, trop petite ou bien bossue n'avait aucune chance d'être choisie. Cependant, pour Dame Guenièvre, le physique seul ne suffisait pas. Elle recherchait les princesses les plus délicates, celles qui se tenaient correctement à table et qui savaient traverser une flaque d'eau sur un mouchoir sans mouiller leur robe.

Des princesses dignes de ce nom, en somme !

Le jour de la cérémonie, Dame Guenièvre accueillit les heureuses élues. Les princesses étaient grandes, belles, bien élevées et intelligentes. Une seule faisait exception. Gwendoline était très belle, fort intelligente, d'une politesse rare, douée pour la musique… mais elle était petite, beaucoup trop petite.

En la voyant, Dame Guenièvre plissa son nez.

Si cela n'avait tenu qu'à elle, Gwendoline n'aurait jamais été admise à l'élection. Toutefois, la petite princesse était la fille du roi de Landeronde et cela lui avait permis d'être sélectionnée.

La fête de Miss Princesse 1762 commença donc. Les jeunes filles défilèrent dans des tenues somptueuses. Elles récitèrent des poèmes, jouèrent de la harpe et dansèrent le menuet. Gwendoline s'en tirait fort bien malgré sa petite taille. Pourtant, elle savait que cela ne suffirait pas et qu'elle repartirait sans couronne.

En effet, lorsque Dame Guenièvre annonça les résultats, elle déclama :

« Constance, princesse de Savoie, est Miss Princesse 1762! »

En entendant son nom, Constance se sentit mal. Gwendoline, qui se tenait à ses côtés, la soutint et l'aida à avancer. Mais quand Dame Guenièvre posa la couronne sur la tête de Constance, ce fut trop d'émotion. La princesse de Savoie s'évanouit subitement. La couronne vacilla, tomba et atterrit sur la tête de Gwendoline.

Bien sûr, Gwendoline ne porta la couronne de Miss Princesse 1762 que quelques minutes. Mais les peintres venus pour immortaliser l'élection s'y trompèrent… Et tous les tableaux qui relatent l'événement représentent Gwendoline avec la couronne de Miss Princesse 1762, au plus grand agacement de Dame Guenièvre !

Le domaine de la nuit

Un jour, au fond de son jardin, Pauline aperçut une mésange prise dans un piège.

Pauline s'approcha de l'oiseau et le libéra doucement.

Aussitôt, la mésange se transforma en fée.

Elle dit à Pauline : « Par ta gentillesse, tu m'as délivrée sans le savoir d'une sorcière qui m'avait jeté un sort. Fais un vœu et je l'exaucerai pour te remercier. »

Pauline réfléchit un court instant :

« J'aimerais n'avoir plus jamais besoin de dormir.

— Soit », répondit la fée avec un sourire mystérieux.

Elle agita sa baguette, et une pluie d'étoiles se répandit sur l'herbe.

La nuit venue, Pauline se sentit pleine d'énergie. Elle joua longuement… et finit par s'ennuyer. Ce n'était pas si drôle de rester seule jusqu'au bout de la nuit, sans oser faire le moindre bruit !

C'est alors qu'apparurent des lutins brillants comme des lucioles.

Ils firent une ronde autour de Pauline : « Nous sommes les lutins de la nuit. Voudrais-tu visiter notre domaine ? »

Pauline accepta avec joie. Vingt lutins s'accrochèrent à ses vêtements et prirent leur envol vers le ciel. Ils arrivèrent dans un monde où des aventures fabuleuses l'attendaient. Elle nagea comme un dauphin dans des mers scintillantes, vola comme un aigle à travers les airs…

Dans ce domaine fantastique, elle avait tous les droits, tous les pouvoirs !

Malheureusement, les lutins vinrent soudain l'interrompre dans ses jeux : « Sur Terre, le soleil se lève ; nous devons te ramener chez toi. Nous sommes les lutins de la nuit et nous ne régnons pas sur le jour. »

Pauline était triste de quitter ce monde merveilleux.

Les lutins lui dirent pour la consoler : « Tu pourras revenir ce soir. Notre domaine est tout simplement celui des rêves : il suffit que tu t'endormes pour y accéder. »

À ces mots, la fillette se retrouva dans sa chambre. Toute la maison dormait encore. Pauline repensa à ses aventures et soupira. Par son souhait, elle s'était privée à jamais de retourner au pays des rêves !

Mais à peine avait-elle regretté son vœu, que la fée qu'elle avait sauvée apparut et lui dit : « Pardonne-moi cette visite surprise. J'ai décidé de venir te trouver à la fin de ta nuit sans sommeil, car j'étais sûre que ton vœu te décevrait. Les lutins sont mes amis : je sais quelles merveilles ils t'ont montrées ! Je vais modifier mon charme. Chaque soir, tu t'endormiras en un éclair, pour atteindre très vite le domaine des rêves. »

Pauline sourit. La fée agita sa baguette, et une pluie d'étoiles se répandit sur le tapis...

La sorcière apprentie pâtissière

Il était une fois une sorcière qui survolait un petit village sur son balai.

En passant au-dessus d'une pâtisserie, elle manqua tomber tant l'odeur qui sortait de la cheminée de la boutique était délicieuse.

Alléchée, la sorcière atterrit près de la pâtisserie et passa la tête par la fenêtre ouverte. Un pâtissier était en train de mettre au four une énorme quantité de gâteaux de toutes les couleurs. La sorcière les trouva tous plus merveilleux les uns que les autres. C'est à ce moment qu'elle vit le livre de recettes du pâtissier sur la table et, sans hésiter une seconde, en une formule magique, elle le mit dans sa poche. Le pâtissier se retourna.

« Hé ! Que faites-vous ? Je… »

Le malheureux n'eut pas le temps d'en dire plus. La sorcière venait de le changer en crapaud ! Elle s'envola en ricanant.

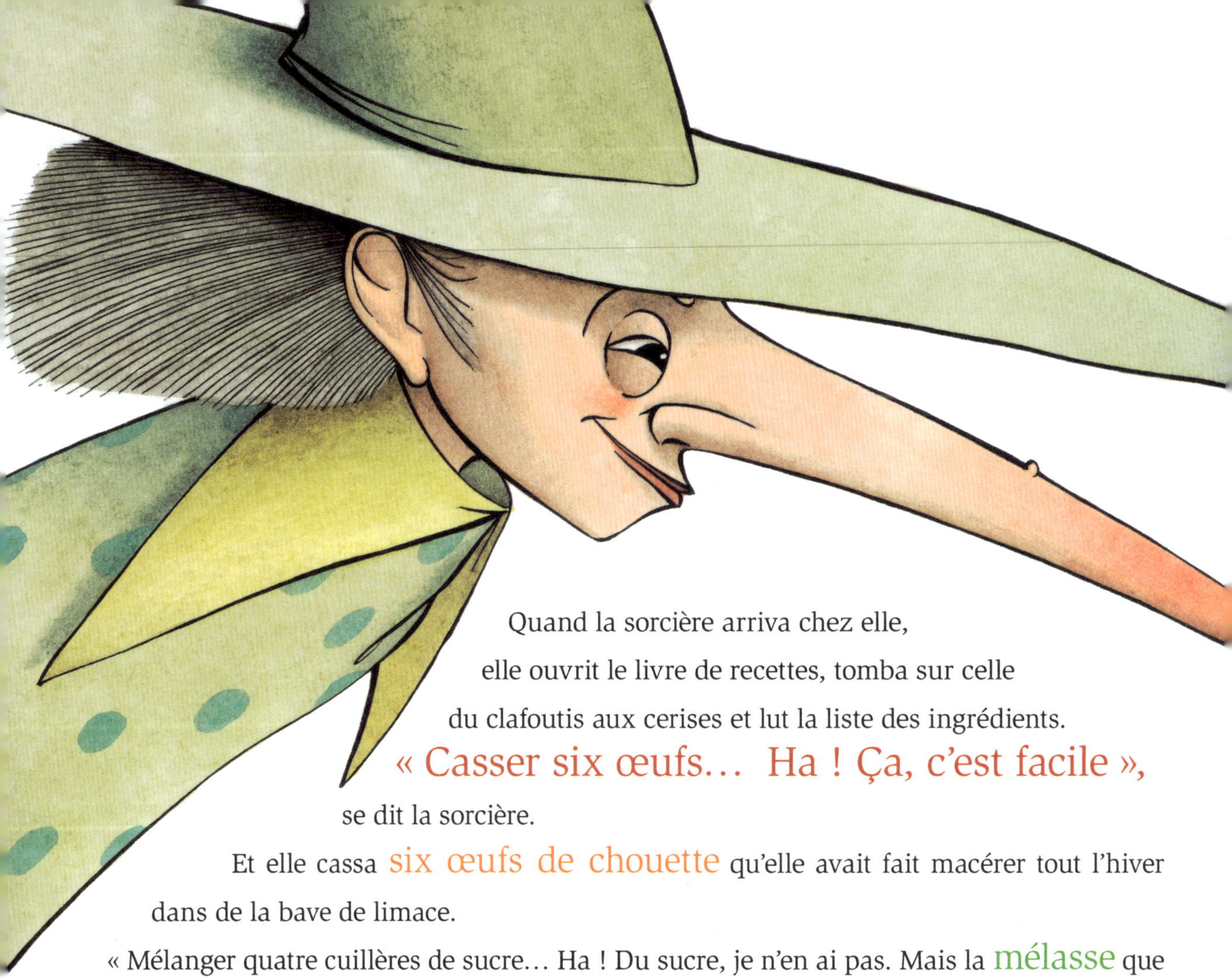

Quand la sorcière arriva chez elle,
elle ouvrit le livre de recettes, tomba sur celle
du clafoutis aux cerises et lut la liste des ingrédients.
« Casser six œufs… Ha ! Ça, c'est facile »,
se dit la sorcière.

Et elle cassa six œufs de chouette qu'elle avait fait macérer tout l'hiver dans de la bave de limace.

« Mélanger quatre cuillères de sucre… Ha ! Du sucre, je n'en ai pas. Mais la mélasse que j'utilise pour capturer les mouches fera bien l'affaire ! »

Et elle mélangea la mélasse… accompagnée de centaines de mouches, aux œufs.

« Saupoudrer d'un peu de farine… Ha ! De la farine ? se dit la sorcière contrariée. Jamais entendu parler de ce truc ! »

Elle décida de mettre à la place de la poudre de toile d'araignée. On verrait bien.

« Une cuillère de levure… Ha ! Mais qu'est-ce que c'est encore que ça ! explosa la sorcière en colère. C'est compliqué tous ces ingrédients farfelus. »

De rage, elle jeta une poignée de poils de souris séchés dans le mélange. Quant aux cerises, la sorcière n'aimait pas ça. Elle les remplaça par des crottes de raton laveur. Elle mélangea le tout, versa dans un grand moule, le mit au four… et attendit.

« Hou ! Que ça sent mauvais !

gémit la sorcière en sortant son horrible gâteau du four. Je l'ai complètement raté ! » Et elle se mit à pleurer.

Soudain, on frappa à la porte. La sorcière alla ouvrir. Devant elle se tenait un vieux crapaud : le pâtissier !

« Côa, côa, rendez-moi ma forme humaine !

— D'accord, dit la sorcière, mais vous m'apprendrez à faire de bons gâteaux !

— Côa, d'accord ! » répondit le pâtissier.

La sorcière rendit donc au pâtissier sa forme humaine et il lui apprit à faire de vrais gâteaux. La sorcière fut une élève très douée, car elle avait beaucoup de patience pour touiller et mélanger. Et elle devint très vite la plus célèbre des sorcières-pâtissières.

La potion de Mélinée

Tanakil gambadait autour de son lit, mais ne voulait pas y grimper comme le lui demandait la fée Mélinée, sa marraine, qui la gardait. Ses parents, ce soir-là, se rendaient en effet à un bal qui finirait bien trop tard pour la fillette.

« Je veux un crapaud !

criait-elle.

– Quelle horreur. C'est dégoûtant !

Et pourquoi un crapaud ?

demanda la fée.

– Pour l'embrasser. Comme ça, il deviendra un joli garçon, j'aurai un cavalier et je pourrai moi aussi aller au bal.

– Pas forcément. Tous les crapauds n'ont pas reçu un sort. Seul un parmi des milliers peut être un beau jeune homme. Il faudrait que tu embrasses plein de bestioles avant de trouver un prince charmant.

– Beurk ! grimaça Tanakil. Mais tu ne peux pas m'aider, toi qui es une fée ? »

Mélinée sourit :

« Je peux te donner une potion pour que tu dormes bien. Ainsi tu seras reposée, ton visage sera frais et séduisant. Et dans quelques années, un chouette garçon viendra te proposer d'aller danser, sans que tu doives embrasser tout un tas de crapauds.

– Une potion ? Tu veux m'empoisonner, c'est ça ? demanda Tanakil, soupçonneuse. Me faire dormir durant des siècles ? Tu crois que je ne connais pas l'histoire de Blanche-Neige, le coup de la pomme empoisonnée et tout le temps qu'elle a passé à dormir ?

– Mais non ! Tu sais bien que je suis une fée, pas une sorcière.

Ma potion, c'est un baiser. »

Tanakil se calma aussitôt. Elle aimait tant les baisers doux et parfumés de sa marraine.

« Et demain, promit Mélinée avec un clin d'œil, nous jouerons à transformer des navets en tartelettes ! »

La fée embrassa Tanakil, qui s'endormit aussitôt en rêvant à des montagnes de galettes.

Blanca, la princesse endormie

Il y a bien longtemps, dans un palais aux couleurs du ciel, un roi et une reine vivaient heureux avec leur jolie fille, qu'on baptisa Blanca, parce qu'elle était rousse et blanche comme un nuage de lait.

Hélas, la pauvre Blanca souffrait d'un mal qu'aucun médecin ne savait soigner : la malheureuse sombrait sans raison et à tout moment de la journée dans un sommeil profond.

Ses conversations étaient interrompues au milieu d'une phrase. Pendant les repas, elle s'endormait la fourchette en l'air. Quand on essayait de lui apprendre à coudre un bouton, elle bâillait d'ennui, puis dormait pour de bon, se piquant les doigts avec les aiguilles !

Dans tout le royaume, les prétendants étaient nombreux, mais Blanca était triste, car aucun ne voulait plus l'épouser après l'avoir rencontrée.

Les princes arrivaient au palais, charmés par sa grâce et son teint de lait. Mais quand elle tombait profondément endormie à leurs pieds, tous les princes prenaient leurs jambes à leur cou, effrayés par ce mal digne des pires sortilèges.

Un soir d'hiver, alors qu'elle regardait la lune rousse dans le ciel noir, Blanca entendit tinter la cloche qui annonçait un visiteur. Luttant de toutes ses forces contre le sommeil, elle courut jusqu'au vestibule pour saluer le jeune homme en bâillant : « Bonsoir, jeune chevalier, je suis Blanca, fille du roi… »

Elle n'alla pas plus loin, et tomba profondément endormie !

Mais alors qu'elle rêvait, elle fut surprise de se retrouver nez à nez avec le beau prince qu'elle venait de rencontrer.

« Que faites-vous là, mon prince ? Comment puis-je vous parler, alors que je dors à poings fermés ?

— C'est parce que je dors, moi aussi.

Vous êtes si belle, Blanca, que je rêve de vous.

Je dors, vous dormez, nous rêvons et nous nous retrouvons dans nos rêves. »

Ces mots émurent tant Blanca qu'elle se réveilla en sursaut et se jeta dans les bras de Morphée, le beau chevalier, qui ouvrit les yeux, tout heureux !

Les noces de Blanca et Morphée furent célébrées deux jours plus tard et ce fut le mariage de leurs rêves !

Poste Royale

La plus belle robe du monde

Autrefois, au royaume de Nimportou, vivait une princesse nommée Rose. C'était la plus gracieuse des filles de roi. Son père l'adorait, ses sujets l'admiraient. Mais c'était une affreuse capricieuse, qui n'aimait que les miroirs.

Et coquette, avec ça !

Lorsqu'elle avait porté une robe une fois, elle la jetait à la poubelle, dans les douves paternelles.

Or, un jour, Rose rencontra le prince Gontran, qui était charmant.

Elle décida de se marier.

Et la vie devint infernale pour le roi de Nimportou !

« Je veux la fête la plus inoubliable ! exigea Rose. Et la plus belle robe du monde ! Elle sera plus blanche et plus brillante que la neige sur le pic de Quelquepart ! »

Et Rose désigna le sommet enneigé qui surplombait le château.

« Mais, ma fille, c'est impossible, dit le roi.

– Trouve une solution, mon papa mignon. Je t'en prie, mon papa joli.

– Et s'il n'y en a pas ? demanda le roi, attendri.

– Alors, je ne me marierai pas, sale papa ! » répliqua Rose avant de s'enfermer pour bouder.

Bien embêté, le bon roi convoqua les plus habiles couturiers. Mais rien n'est aussi blanc et brillant que la neige !

Finalement, un vaillant petit tailleur qui passait par là proposa :
« On n'a qu'à coudre une robe dans la vraie neige,

en fil de glace…

– Mais c'est impossible ! Les flocons sont bien trop petits ! remarqua le chambellan du roi.
– C'est pourtant la seule solution, trancha le roi. Vous avez carte blanche ! »
Aussitôt dit, aussitôt fait : le petit tailleur s'installa dans la pièce la plus froide du château. On lui rapporta la neige depuis la montagne. Et il se mit à coudre… Il était si doué qu'il fabriqua, en un rien de temps, un vêtement blanc et éclatant, brillant comme mille diamants.

Quand ce fut fini, le roi fit venir la princesse. Elle applaudit des deux mains :

« Papa, je t'adore…

C'est exactement la robe que je voulais !

– Mais il y a un problème, remarqua le roi. Dès que tu sortiras de cette pièce froide, ta robe de neige fondra.

– Pas si je me marie en plein hiver », répliqua Rose.

Le grand jour arriva enfin. Rose enfila sa belle robe blanche en frissonnant. Tout le monde l'attendait dans l'église en claquant des dents. On avait laissé les portes et les fenêtres ouvertes toute la nuit glaciale, pour que l'endroit soit bien gelé.

Rose entra, au bras du roi. Elle resplendissait dans sa robe blanche, même si son teint de lait était un peu bleuté.

« Glagla, tu es la plus jolie, grelotta Gontran, les lèvres violettes.

– Brrr, brrr, oui, je suis plus belle que Blanche-Neige ! répondit Rose. Et je veux que tout le monde me voie !

– Mais tous nos invités ne regardent que toi, ma chérie, gémit le roi.

– Non, trépigna-t-elle. Ce n'est pas assez ! Je veux le royaume entier ! J'ordonne qu'on fasse entrer tous les gens, les paysans, les manants !

– Comme tu voudras… » soupira son père.

Alors, on s'entassa dans l'église. On s'empila. Finalement, à force d'être si serrés, la température commença à monter…

Un degré, deux degrés…

Les gens se mirent à transpirer sous leurs bonnets.

Trois degrés, quatre degrés…

« Sortez tous, je vous en prie ! » cria le roi.

Mais c'était trop tard. Et bientôt, une rumeur monta. Des rires.
Des moqueries.

« Regardez, regardez, la princesse est toute nue ! »

Effectivement, il ne restait plus rien de la robe de Rose ni de son teint de lait. Il ne restait qu'un petit bout de princesse en culotte à pois, les pieds dans une flaque d'eau, une princesse multicolore, bleue de froid, rouge de honte et verte de rage.

Moralité : mariage glacé, mariage raté !

Une fée parmi les sorcières

Comme chaque soir de pleine lune, les sorcières sont réunies dans la forêt. Elles ont préparé la potion spéciale pour faire naître une sorcière : de la bave d'un vieux crapaud, trois dents de rat, des pattes d'araignées velues et du vernis à ongle démodé. Maintenant, elles attendent…

Soudain, une petite boule est éjectée du chaudron et se déplie lentement. Un petit chapeau pointu, une baguette magique et, surprise ! des joues toutes roses.

Malheur : c'est une fée. Quelle catastrophe !

La petite fée grandit et se sent vite très seule parmi les sorcières. À l'école, quand tout le monde apprend à transformer les personnes en limaces gluantes, la petite fée les métamorphose malgré elle en princes ou en princesses…

Un jour, lors d'une promenade, elle s'assied au pied d'un grand hêtre et se met à pleurer. Une des branches se pose alors doucement sur son épaule et lui demande : « Qu'y a-t-il, mon enfant ?

– Je suis si triste ! Je n'aime pas les mêmes jeux que mes petites camarades et je ne fais jamais rien comme elles… J'aimerais tant trouver des amies qui me ressemblent ! »

Tandis que ses feuilles sèchent les larmes de la petite fée, le hêtre magique lui confie qu'un mauvais sort l'a fait naître au milieu des sorcières.

« Il te faut partir de leur royaume, ce n'est pas ta vraie famille ! Pour trouver le royaume des fées, prends ce chemin, là.

Lorsque tu arriveras près de la licorne d'or, chatouille sa corne ! »

Toute heureuse, la petite fée suit les conseils de l'arbre magique. Et après avoir chatouillé la corne de la licorne, elle est projetée au milieu d'une clairière enchantée… mais envahie de petites sorcières ! La voyant si désemparée, la plus grande d'entre elles claque des talons. Aussitôt, toutes les sorcières se transforment en fées : « Bienvenue, lui dit-elle, tu es ici chez toi. C'était seulement une soirée déguisée ! »

Le Noël
de la sorcière

Noël arrive à grands pas. L'affreuse sorcière Tralalère décore son sapin avec des toiles d'araignée et quelques citrouilles. Puis elle glisse dessous ses vieilles pantoufles noires. Mais comme elle ne reçoit jamais de cadeau, elle décide d'écrire au Père Noël pour lui commander un nouveau chaudron. Quelques jours plus tard, il lui répond :

Chère Tralalère,
Tu fais déjà tant de bêtises avec ton chaudron
qu'il est vraiment hors de question
que je t'en offre un autre.
Mais si tu améliores
ton attitude, je pourrai
peut-être te faire
plaisir.
Le Père Noël

« Une sorcière sympa, a-t-on déjà vu ça ! » se lamente Tralalère.

Cependant, elle rêve tellement de ce cadeau qu'elle décide de faire un effort.

Alors qu'elle se demande comment le Père Noël pourrait lui pardonner ses grosses bêtises, elle entend des cris dehors. Elle ouvre sa porte et voit de gigantesques flammes encercler le village.

« Nom d'un poil de tapir ! Il est temps pour moi d'agir. »

Elle prend aussitôt son grimoire et prépare la potion qui permet d'éteindre les incendies : un peu de neige froissée, une goutte de rosée et…

Zut, il faut aussi une bonne pensée !

«Soit, ronchonne-t-elle, je pense que je voudrais sauver tous ces gens ! »

Puis elle monte à califourchon sur son balai, s'élance vers le ciel et verse sa potion sur les flammes. L'incendie s'éteint sur-le-champ sous les yeux des villageois ébahis.

Le lendemain, la sorcière reçoit des fleurs accompagnées d'un mot :

Merci, Tralalère, de nous avoir sauvé la vie.

«Sauvé la vie, c'est bien joli, mais moi, je n'ai pas que ça à faire» marmonne-t-elle.

Agacée, elle saisit son vieux chaudron pour y mitonner d'abominables potions. Puis elle transforme les baguettes de la boulangère en serpents, et s'amuse à saupoudrer les copies des écoliers de monstrueuses fautes d'orthographe. Décidément, Tralalère a du mal à changer ses manières.

Néanmoins, le 25 décembre, elle saute de joie en découvrant au pied de son sapin un chaudron étincelant. Elle y verse aussitôt de la bave de crapaud et du bouillon de rat pour préparer un vilain tour. Mais une délicieuse odeur chocolatée se dégage au fur et à mesure qu'elle mélange sa mixture.

« Nom d'un poil de rat,

s'indigne-t-elle, qu'est-ce que c'est que ce chocolat ? »

Dans son traîneau, le Père Noël passe au-dessus de la maison de la sorcière.

Son rire résonne dans le ciel.
Il pense au chaudron
plein de malice
qu'il vient d'offrir
à Tralalère…

Le mystère du hennin d'or

Lors d'une promenade en forêt, le jeune roi Henri croisa sur son chemin une ravissante jeune fille. Elle portait un hennin d'or, une coiffe pointue incroyablement haute, mais le roi ne releva pas cet étrange détail tant il était charmé par la beauté de l'inconnue.

Arrêtant son carrosse, il mit un genou à terre :

« Mademoiselle, un bal se donne ce soir en mon château.
Je dois y choisir mon épouse. Je souhaite ardemment votre présence. »

La jeune fille accepta d'accompagner le roi, mais la hauteur de son hennin l'empêchait de s'asseoir dans le carrosse.

Le roi suggéra à la jeune fille d'ôter sa coiffe, mais un éclair de terreur brilla dans ses yeux ! Henri n'insista pas. Il détacha un cheval de l'attelage et galopa avec la jeune fille jusqu'au château.

Le soir venu, au bal, on admira cette inconnue d'une exceptionnelle beauté. Le roi ne dansa qu'avec elle. Un moment, en tournoyant dans ses bras, elle faillit perdre son hennin et eut un regard épouvanté. Sa peur n'échappa pas à Gertrude, une méchante princesse dévorée de jalousie.

« Quel mystère dissimule cet incroyable hennin ? » susurra-t-elle.

À la fin du bal, Henri s'adressa à la foule : « Mon cœur a choisi votre reine. Je vais épouser ma cavalière au hennin d'or. »

Le lendemain, tout le royaume se pressa au couronnement de la reine. Gertrude était assise au premier rang et, quand le roi approcha la couronne de la tête de son épouse, elle bondit :

« Sire ! Laissez-moi ôter le hennin de la reine.

Dans votre distraction, vous alliez enfiler la couronne par-dessus ! »

Elle arracha la coiffe d'un geste brusque. Sous le hennin apparut alors une longue corne…

Dans un cri de détresse, la reine se transforma en licorne et s'enfuit au galop !

Sans réfléchir, Henri sauta sur un cheval et se jeta à la poursuite de la licorne. Pour tenter d'arrêter sa course, il lança vers elle la couronne qu'il tenait encore à la main.

La couronne glissa sur la corne et se posa sur la tête de l'animal. À cet instant, la licorne reprit sa forme humaine : même la corne avait disparu.

La jeune fille tomba dans les bras du roi et raconta son secret : « En vous voyant dans la forêt, je suis tombée amoureuse de vous. J'ai supplié la fée Mélusine de me changer en femme dans l'espoir de vous conquérir ! Mais la fée a ses caprices… Elle m'a laissé ma corne en disant : " Si l'on découvre ta corne avant ton mariage, tu redeviendras licorne. Mais, à l'instant où le roi posera la couronne sur ta tête, tu seras une femme pour toujours. " »

Fou de joie, Henri ramena son épouse au château, où ils vécurent très heureux.

De son passé de licorne, la reine gardait un regard magique que le roi ne se lassa jamais de contempler.

Le collier de la princesse du pôle Nord

À l'extrême nord de la Terre, sur une petite île recouverte de glace toute l'année, vivait une princesse d'une très grande beauté. À sa naissance, ses parents l'avaient trouvée si jolie qu'ils l'avaient appelée Cristalline.

Les princes du monde entier rêvaient d'épouser la jeune fille. Ils lui offraient des coffrets de bijoux dans l'espoir de conquérir son cœur. Mais Cristalline se moquait de leurs bijoux. Elle n'en aimait qu'un seul : un collier de perles transparentes que lui avait offert son père. Le collier n'était pas gros, mais il étincelait tant qu'il la rendait plus belle encore.

Or un jour, tandis que la princesse se promenait en traîneau, une branche de sapin s'accrocha à son cou et arracha le collier. On eut beau chercher dans la neige, jamais on ne retrouva le précieux bijou.

Cristalline était inconsolable. Elle promit d'épouser celui qui lui offrirait un collier aussi joli que celui de son papa. La nouvelle fit rapidement le tour de la planète. Bientôt, des princes de tous les horizons lui apportèrent leurs plus beaux colliers. En vain. Cristalline n'en trouvait aucun à son goût.

De longs mois plus tard, le prince Tomoto se présenta devant Cristalline. Il vivait dans le désert africain, loin de tout, et n'avait entendu parler de la princesse que fort tard. Mais aussitôt, son cœur lui avait dit qu'elle était faite pour lui. Vaillamment, il s'était donc mis en marche, bravant l'air froid de l'île glacée.

« Qui es-tu ? l'interrogea Cristalline.

— Je suis le prince Tomoto.

— Et quel collier m'apportes-tu ? demanda-t-elle, l'air lasse.

— Jolie princesse, je n'ai pas de collier à t'offrir, s'excusa le prince. Je t'ai simplement apporté ce qu'il y a de plus précieux dans mon pays.

— Qu'est-ce que c'est ? » dit Cristalline, soudain intéressée.

À ces mots, Tomoto lui tendit une petite gourde d'eau.

« Elle vient du puits de mon village, expliqua-t-il. Regarde comme elle est pure et précieuse ! »

Tomoto ouvrit la gourde et fit couler quelques gouttes d'eau sur la paume de sa main. Mais l'air était si froid que l'eau gela aussitôt et se figea. En quelques secondes, elle s'était transformée en petites perles scintillantes. Tomoto sourit devant ce prodige. Puis, il rassembla les perles glacées et en fit un collier.

« Mon collier ! » s'écria Cristalline émerveillée.

Quelques jours plus tard, la princesse du pôle Nord épousa son prince venu du désert. Et l'on raconte que, chaque jour, Tomoto lui confectionne un nouveau collier en perles d'eau glacée.

Blanche et Noiraude

Dans un pays très lointain chaque nuit, la cruelle sorcière Noiraude jetait de vilains sorts aux habitants du village. Un nez de phacochère par-ci, une marmite de serpents par-là…

Le jour, Blanche annulait tous les sortilèges de sa rivale. La nuit venue, Noiraude folle de rage redoublait de mauvais tours.

La vie au village était infernale !

« Cela ne peut plus durer, dit un jour le chef du village. L'une des deux doit chasser l'autre.

— Impossible ! observa un villageois. Noiraude dort le jour et Blanche s'enferme la nuit.

— Elles doivent se rencontrer », conclut le chef.

Il partit voir le soleil, eut une longue conversation avec lui et, la nuit venue, il discuta longuement avec la lune.
Tous trois se mirent d'accord et, le lendemain, le soleil ne se coucha pas tandis que la lune se leva plus tôt.
Aussi Blanche ne rentra pas dans sa hutte et Noiraude sortit de sa tanière. Pour la première fois, la fée et la sorcière se retrouvèrent face à face.
« Je te hais, maudite fée ! hurla Noiraude qui crachait de la fumée noire.
– Je vous déteste, infâme sorcière ! » s'écria Blanche en lançant des éclairs de lumière.
Les deux fées se ruèrent l'une sur l'autre. Le choc fut terrible. La foudre blanche et la fumée noire s'affrontèrent jusqu'à ce qu'un nuage gris s'élève dans le ciel. Blanche et Noiraude avaient disparu.
À leur place se tenait une jeune fille tout à fait ordinaire, ni plus méchante, ni meilleure que les autres.
Et comme elle avait à la fois un petit air de Noiraude et une légère ressemblance avec Blanche, on la baptisa Griseline.

Le prince gourmand et le dragon

Il était une fois un prince qui adorait les gâteaux. Il avait inventé mille et une recettes délicieuses : la meringue à la perle de rosée, c'était lui ! La charlotte fourrée à la nougatine et aux pépites de lune, c'était encore lui !

Le prince passait donc la plus grande partie de son temps à faire de la pâtisserie et était très heureux ainsi. Pourtant, le roi son père se désespérait et ne cessait de lui répéter : « Mon fils, mais quand penserez-vous au mariage ?

— Lorsque j'aurai trouvé une princesse qui ne sera pas occupée sans cesse à surveiller sa ligne et qui ne mangera pas que de la soupe et des légumes », répondait le prince, d'un air distrait, avant de casser un œuf dans un bol.

Un jour, un grand dragon attaqua le royaume sans crier gare. Il balaya les toits des maisons, brûla les champs, assécha les fontaines.

Le prince, n'écoutant que son courage, abandonna ses gâteaux, enfourcha un cheval et se lança à sa poursuite. Il suivit le dragon à bride abattue jusqu'au crépuscule, avant de le voir s'engouffrer dans le creux d'une montagne.

Le prince abandonna sa monture et commença à grimper. Mais où était donc la cachette de ce dragon ? Soudain, le prince s'arrêta, stupéfait. Une petite maison se dressait devant lui, et de la cheminée s'échappait un panache de fumée. Étonné, le prince frappa à la porte. Une ravissante jeune fille lui ouvrit.

« Bonsoir, mademoiselle, avez-vous vu passer un dragon ? »

demanda le prince, intimidé par sa beauté.

La jeune fille regarda le prince d'un drôle d'air, puis soudain elle éclata en sanglots. « Je suis le dragon ! Une méchante sorcière m'a jeté un sort. Je me transforme en dragon au lever du jour et je ne redeviens moi-même qu'à la tombée de la nuit. »

Ému par la détresse de la jeune fille, le prince tenta de la consoler et lui demanda ce qu'elle faisait de ses nuits. « Je… fais de la pâtisserie, car c'est la seule chose qui me console, répondit la jeune fille en rougissant.

– Des gâteaux ! »

Conquis par cette jeune fille décidément pas comme les autres, le prince lui expliqua combien lui aussi aimait les desserts. Tous deux passèrent alors la nuit à comparer leurs recettes, et la jeune fille en oublia son chagrin. Trop occupés à préparer une tarte au nuage confit, les jeunes gens ne virent pas le jour se lever. Quand les rayons du soleil frappèrent doucement la joue de la jeune fille, elle poussa un cri de surprise et de peur, mais rien ne se produisit. L'amour avait brisé le sortilège ! Le prince et la jeune fille se marièrent dès leur retour au royaume et vécurent heureux très longtemps.

La morale de cette histoire ? La gourmandise est un très joli défaut !

Cendrillon, l'éternel tâcheron

« Cendrillon, ma chérie, mais que fais-tu donc ? s'écria le prince.

– Ben, je range tes vêtements ! Tu les laisses traîner un peu partout, c'est un vrai désordre !

– Mais ce n'est pas à toi de faire cela ! Nous avons des femmes de chambre, souviens-toi !

– Ah oui, c'est vrai, j'avais oublié ! Excuse-moi. »

Cendrillon et son prince étaient mariés depuis un mois déjà.

Mais la princesse n'arrivait pas à profiter de sa nouvelle vie de princesse !

Le matin, elle s'habillait elle-même, préparait le petit déjeuner, débarrassait, papotait avec les cuisinières, traquait les toiles d'araignée avec son balai, réparait les chaussettes trouées, bref elle était toujours occupée.

Le prince décida d'organiser un grand bal en leur château pour que sa femme se sente enfin princesse et comprenne bien qu'elle n'avait plus à tout nettoyer, de la cave au grenier. Tous les grands de ce monde furent invités. Le soir venu, carrosses et chauffeurs en livrée faisaient la queue devant le porche. Mais Cendrillon n'était pas là pour les accueillir : elle frottait le parquet de la salle de bal avec un chiffon plein de cire.

Le prince alla la chercher manu militari :

« Maintenant, Cendrillon, tu arrêtes ton cirque !

– Mais il y a encore des taches sur le parquet !

– Je m'en fiche ! Tu n'as pas à t'en occuper ! Tu es une princesse ! Et regarde ta robe ! Elle est toute tachée !

– Ben, ça, c'est parce que j'ai tartiné les toasts avec des œufs de lump pour le buffet.

– Mais on a des cuisinières pour cela !

– Je sais, mais j'aime bien le faire aussi…

– Cendrillon, tu es incorrigible, va te changer ! »

Cendrillon redescendit à peu près propre (elle avait vu un gros mouton de poussière dans l'escalier et, n'ayant pu s'empêcher de l'enlever, elle l'avait accroché à sa traîne). Le prince lui dit :

« N'oublie pas ! Tu es princesse,
alors, fais la princesse ! »

Mais ils croisèrent une dame qui avait soif.
Cendrillon fila lui chercher à boire et lui servit un verre d'eau.
Ils rencontrèrent une princesse qui s'était foulé la cheville en dansant.
Cendrillon courut vers l'armoire à pharmacie et lui fit un bandage.
Un prince, enfin, s'était renversé un verre de vin sur lui.
Il eut une chemise propre et repassée sur-le-champ.

Le prince se prit la tête dans les mains :
Cendrillon ne pouvait s'empêcher de faire les choses elle-même.
Elle ne savait pas déléguer au petit personnel !
Le prince décida d'employer la méthode forte :
il installa Cendrillon dans la salle du trône avec ordre de ne rien faire.

Ni ménage, ni cuisine, ni couture, ni repassage.

Rien de rien !

La pauvre se mit à dépérir. Sans balai ni casserole,
elle s'étiolait comme une fleur fanée.
Le prince fut bien obligé de le constater. Et il était malheureux,
parce que sa princesse l'était, et qu'il désirait son bonheur
plus que tout au monde.

Et c'est ainsi que Cendrillon et son prince vendirent leur château, achetèrent une petite ferme où ils faisaient tout : ils labouraient leurs champs, cultivaient leurs légumes, s'occupaient eux-mêmes de leurs vaches, poules, moutons, et de leurs nombreux enfants, évidemment.

Voilà donc la véritable histoire de Cendrillon, si on la lit jusqu'au bout.

La potion mortelle

Comme chaque jour, la fée Minibulle faisait danser sa baguette. Mais, débutante, elle l'envoyait souvent valser par la fenêtre. Et aujourd'hui, impossible de la retrouver. Elle regarda autour de sa maison puis s'en éloigna. À la nuit tombée, elle n'avait toujours pas retrouvé sa baguette… et en plus, elle était perdue !
Elle commençait à s'affoler quand elle aperçut une maison biscornue dont la porte battait au vent. Elle entra. La porte claqua derrière elle en faisant un bruit sinistre. Minibulle tenta de la rouvrir…

Impossible !

Elle chercha une fenêtre : il n'y en avait pas. La petite fée était de moins en moins rassurée… Bientôt, elle distingua un rai de lumière au ras du sol. Elle se déchaussa, s'approcha pieds nus pour ne pas faire de bruit, et poussa doucement un rideau.

« Ah, ah ! ricanait une vieille sorcière.
Voyons la recette de la potion mortelle :
peau de fesse de mulot, j'ai. Bave de chèvre rousse, j'ai. Baguette volée pour remuer, j'ai. Et… nom d'un rat, il faut aussi une chaussette de fée, et ça, je n'ai pas ! »

À cet instant, un serpent passa sur les pieds de Minibulle qui poussa un cri.

« Tiens, qui voilà ? L'idiote qui a perdu sa baguette ! Viens ma mignonne, donne-moi tes jolies chaussettes et tu auras de ma bonne soupe ! »

Et la sorcière bondit en un éclair sur Minibulle et l'immobilisa entre ses doigts crochus.

« Ah ! Bisque rage !
Tu es pieds nus.
Où sont tes chaussettes ?

– Là-bas » répondit Minibulle.

Aussitôt, la sorcière se précipita vers la porte d'entrée. Mais avant qu'elle n'y arrive, Minibulle reprit sa baguette, renversa la marmite où gargouillait la potion mortelle et cria :

« Maison, ouvre-toi ! »

Et la porte ensorcelée s'ouvrit. La petite fée s'enfuit, laissant la sorcière ivre de rage, les pieds baignant dans sa potion désormais inutilisable.

Un fennec au pays des rêves

Chaque soir, c'est la même histoire : impossible d'endormir la princesse Salomé. La fillette préfère jouer !

« Dodo, l'enfant do, l'enfant dormira bientôt… »

Ses parents lui chantent des berceuses en vain : Salomé dormira à la saint-glinglin ! Les tisanes de tilleul ou de fleurs d'oranger sont également sans effet.

Et le marchand de sable qui passe tous les soirs est au bord du désespoir.

Il a beau verser du sable jusqu'au matin, cela ne change rien !

La princesse prend sa pelle et son seau pour faire des châteaux.

Le sable commence à s'entasser en dunes dorées.

Salomé se réjouit : « Bientôt, ma chambre ressemblera au désert du Sahara ! »

Et voilà qu'un soir, la princesse découvre des traces de pattes.

Elle les suit et aperçoit un petit fennec.

Elle court pour le rattraper.

Trop tard ! Il disparaît dans son terrier.

Salomé s'accroupit devant l'entrée : « Bonjour, Monsieur fennec. Tu veux bien jouer avec moi ?

– Bien sûr, Mademoiselle princesse », répond le petit renard du désert.

Mais il reste caché.

« Eh bien alors, qu'est-ce que tu fais ? Ne sois pas timide, lui dit Salomé.

– Je ne suis pas du tout timide, s'indigne l'animal. Seulement, je ne peux jouer avec toi qu'au pays des rêves.

– Mais pourquoi ? s'étonne la fillette.

– Parce que je n'existe pas pour de vrai.

– Mais je t'ai bien vu entrer dans ton terrier, rétorque Salomé.

– C'est normal, reprend le fennec, il y a beaucoup de mirages dans le désert. »

La princesse se demande alors comment elle peut lui parler s'il n'est pas réel.

« On peut parler à un animal imaginaire mais, pour le voir et le toucher, il faut dormir et puis rêver », explique le fennec.

La fillette essaie de l'amadouer. Il peut bien faire une exception pour une petite princesse.

Mais le fennec ne veut pas céder.

Salomé finit par aller se coucher. Elle ferme les yeux et dès qu'elle se met à rêver, le petit fennec sort de son terrier.

Il propose à la princesse d'aller à l'anniversaire du sultan.

Et les voilà partis en tapis volant. Salomé danse toute la nuit pendant que le fennec mange des loukoums avec un génie.

Au petit matin, avant de retourner dans son terrier, le fennec donne rendez-vous à la princesse : « Ce soir, nous irons faire un tour dans le désert à dos de dromadaire.

– Chic ! Vivement ce soir », se dit-elle.

Les parents de Salomé sont soulagés : désormais, la princesse adore aller se coucher !

Les deux chipies

Les fées Calore et Frigore étaient sœurs, mais elles ne s'entendaient pas du tout. Elles s'étaient donc installées dans deux parties différentes du monde : Calore régnait sur les pays chauds et Frigore sur les pays froids.

Un jour, pour son anniversaire, Calore fit quand même l'effort d'inviter Frigore.

En arrivant, celle-ci fit la grimace : « On meurt de chaud chez toi ! Voici mon cadeau d'anniversaire : un peu de fraîcheur ! »

Elle agita sa baguette magique et une tempête de neige se déchaîna. Le gel tua les fleurs et les arbres fruitiers. Hommes et bêtes grelottaient sous la bise. Calore s'enrhuma et décida de se venger.

Quand vint l'anniversaire de Frigore, elle vola jusque sur sa banquise et lui dit :

« On meurt de froid ici ! Laisse-moi t'offrir un peu de chaleur. »

Elle agita sa baguette et le soleil devint brûlant. La glace fondit, la mer monta ; il y avait tant d'eau partout que les Esquimaux faillirent se noyer.

Frigore méditait déjà sa vengeance.

Mais les habitants des pays chauds et des pays froids en avaient assez.

Ils allèrent trouver la Reine des fées, mère des deux chipies : « Les disputes de vos filles nous mettent en danger. S'il vous plaît, trouvez une solution ! »

La reine, qui avait bon cœur, réfléchit un moment. Puis elle installa ses filles dans le plus grand désert du monde, au milieu de nulle part.

Depuis ce temps, Calore et Frigore n'ont jamais cessé de se disputer.

C'est pourquoi les journées dans le désert sont brûlantes et les nuits glaciales !

Mais là où elles vivent, leur mauvaise humeur ne dérange personne, car les habitants, aussi rares que des flocons de neige en plein été, s'y sont habitués.

Coup de lune

Il était une fois
une petite sorcière des bois
qui pleurait à chaudes larmes
chaque fois qu'il était l'heure d'aller au lit.
« Bouuuh, tout le monde va encore faire de beaux rêves, sauf moi ! se lamentait Gayette. Je n'en peux plus de ces nuits passées sans dormir… »

Pauvre Gayette !
Mais que lui était-il donc arrivé ?

Une nuit de pleine lune,
elle s'était assoupie sous un bouleau.

Or, tout le monde le sait, une sorcière ne doit jamais s'assoupir une nuit de pleine lune sous un bouleau ! Résultat, Gayette avait pris un coup de lune et, depuis, elle ne pouvait plus dormir.

Lorsque la nuit venait, elle restait là, étendue, les yeux brillants et grands ouverts, à regarder le ciel plongé dans l'obscurité.

Une nuit, alors que tout le monde dormait, elle vit au loin un jeune homme se promener dans le bois, en sifflotant.

« Qui est donc cet hurluberlu ? »

se demanda-t-elle.

Intriguée, Gayette se mit à le suivre en se dissimulant derrière les arbres.

Soudain, le promeneur s'allongea au pied d'un arbre et s'endormit.
« Quel drôle de bonhomme ! » pensa Gayette.

Au bout de quelques minutes, le jeune homme se releva et reprit sa marche.
« Nom d'un crapouillot, que fait-il ? » se demanda Gayette, de plus en plus étonnée.
Le jeune homme s'était de nouveau assoupi au bord d'un ruisseau avant de repartir comme si de rien n'était.
Lorsqu'il s'endormit une troisième fois au milieu d'un petit talus, Gayette s'approcha de lui et, profitant des rayons de la lune, se pencha sur son visage pour l'observer.
« Qu'il est beau ! s'écria-t-elle.
– Qui es-tu ? » demanda le jeune homme tiré de son sommeil.

Intimidée, la petite sorcière balbutia :

« Je suis Gayette, la sorcière…

– … Oh ! Bonsoir Gayette, c'est justement toi que je cherche : je suis un sorcier des bois. Je me suis endormi sous un bouleau une nuit de pleine lune et j'ai pris un coup de lune : depuis, je sombre dans le sommeil plusieurs fois par jour, mais jamais plus de quelques minutes. Seul un de tes baisers me délivrera de cette malédiction. »

Alors Gayette l'embrassa et… s'endormit dans ses bras !

La petite sorcière avait bien des nuits de sommeil à rattraper. Pour tous deux, le sortilège était enfin rompu. Le jeune sorcier la regarda dormir avant de s'assoupir lui aussi longuement.

À leur réveil, ils tombèrent très amoureux et, depuis, tous deux prennent garde de ne pas s'endormir sous un bouleau par une nuit de pleine lune.

D'un chapiteau à un château

Un jour, dans le pays du roi Renaud, des clowns trouvèrent une petite fille abandonnée devant leurs roulottes. Pris de pitié, ils l'appelèrent Léa et l'emmenèrent dans leurs voyages à travers d'autres pays.

Quelques années plus tard, le cirque repassa au même endroit. Élevée au cirque, Léa était devenue une vraie beauté. Dompteuse et équilibriste, c'était la reine de la piste !

« Tu vois, c'est là que nous t'avons trouvée », lui dit un clown au détour d'un chemin.

À demi enfouie sous la terre, Léa aperçut une couronne. Un nom y était gravé : Astrid.

« Qui est Astrid ? » demanda Léa à un passant.

L'homme hocha la tête : « C'était la fille du roi, mais des bandits l'ont enlevée. On ne l'a jamais retrouvée ! »

Le cœur de Léa battit très fort. Astrid, c'était elle ! Les bandits, poursuivis de trop près, l'avaient abandonnée là, et la couronne était tombée de sa tête ! Bouleversée, elle courut au château.

Mais un garde lui dit : « D'autres que vous ont déjà prétendu être la princesse Astrid. Si vous surmontez les obstacles pour arriver jusqu'au roi, alors il vous croira peut-être, car il est sûr que sa fille est très courageuse. »

Le garde releva le pont-levis et lança : « Essayez d'abord d'entrer dans le château. »

Quel gouffre effrayant ! Pourtant, Astrid jeta son fil de funambule par-dessus les douves et traversa gracieusement l'eau noire.

Dans la cour, des chiens se jetèrent sur elle. Elle leur parla comme aux tigres du cirque, et ils se couchèrent à ses pieds ! Le roi et la reine l'observaient depuis le donjon.

« Elle est courageuse, dit la reine.

– Et elle te ressemble », répliqua le roi. Ils descendirent à sa rencontre. Astrid leur tendit la couronne qu'ils reconnurent sans peine !

Une grande fête marqua ces retrouvailles. Dans sa gaieté, Astrid réussit à jongler avec les cent assiettes du banquet !

L'école des fées

« Par Merlin, je suis en retard, ronchonne la petite fée Absinthe, et pour le premier jour de la rentrée en plus ! » **Vuuit**, elle s'envole, direction l'école des fées.

« Oh, ils sont déjà tous en classe ! » Absinthe frappe à la porte.

« Entrez ! » crie une voix aigre. Penaude, Absinthe passe la tête.

« Et la ponctualité, Mademoiselle ? Mais qu'est-ce que c'est que cette tenue ridicule ? Filez vous asseoir ! » Étourdie par ces reproches, Absinthe s'installe sous les moqueries de ses camarades. Mais qu'est-ce qu'ils ont tous à rire comme ça ?

Ce sont eux qui ont une drôle d'allure. Elfes et fées ont caché leurs ailes sous de drôles de vêtements et les farfadets ont oublié leur chapeau.

Saperlipopette, la maîtresse n'est pas la fée Zaza ! C'est qui cette nouvelle ? Elle ressemble à une vieille chouette avec ses macarons autour des oreilles !

« Vous avez vos fournitures ? crie la maîtresse. Vos crayons et vos cahiers ? Et vous, Mademoiselle Carnaval ? » Furieuse, la maîtresse s'approche de la table d'Absinthe qui ne comprend rien. « Des crayons, des cahiers ? Pour quoi faire ? » s'interroge Absinthe en versant le contenu de son cartable sur la table.

« Vous moquez-vous de moi ? Quelles sont ces sornettes ? rugit la maîtresse.

– C'est de la poudre de crapaud pour la leçon du prince charmant. »

La maîtresse manque de s'étrangler de rage :

« Et ça ?

– Et bien des ailes de mouche pour la leçon de vol. »

Les autres élèves, eux, pleurent de rire.

« Et cette chose, là ?

– De la salsepareille pour la leçon d'enchantement.

– Et ça ?

– Du nectar de fleurs pour mon goûter. »

La maîtresse, écarlate, fait peur à voir : « Mademoiselle Carnaval, je perds patience ! Au tableau ! »

Absinthe y court. La maîtresse prend une craie et écrit :

$$5+8=?$$

avant de se tourner vers Absinthe. « Alors, Mademoiselle ? »

« Qu'est-ce que c'est que ce charabia ? » pense Absinthe.

« On ne connaît pas ses tables d'addition ? »

« Mais je suis tombée dans une école de fous ! » se dit Absinthe, les larmes aux yeux.

« Au coin, jeune paresseuse ! » dit la maîtresse.

Oubliée au fond de la classe, Absinthe risque un coup d'œil par la fenêtre. Et quelle n'est pas sa surprise d'apercevoir, de l'autre côté du ciel, derrière un gros nuage blanc, une grande enseigne : École des fées !

« Nom d'un lutin, je me suis trompée d'école. »

L'entraînement anti-sorcière

Depuis une semaine, Lou faisait d'horribles cauchemars. Une affreuse sorcière la poursuivait dans ses rêves pour faire d'elle de la confiture pour son goûter. Lou courait vite, mais la sorcière finissait toujours par la rattraper. Et elle approchait ses longs doigts crochus du cou de la fillette en ricanant…

Lou se réveillait alors en hurlant.

Une nuit, la fillette décida donc de ne plus jamais dormir.

Le lendemain, elle alla chez sa grand-mère. Au déjeuner, elle bâilla pendant l'entrée, se frotta les yeux pendant le plat principal et fut trop fatiguée pour goûter à son dessert préféré. Sa mamie ne comprenait pas ce qui lui arrivait.

« J'ai décidé de ne plus dormir, expliqua Lou. Quand je m'endors, une affreuse sorcière m'attend dans mes rêves pour faire de moi de la confiture pour son goûter. Si je ne dors plus, elle ne pourra donc pas m'attraper. Mais je suis très fatiguée !

– Sais-tu pourquoi les sorcières ne dorment jamais ? » lui demanda sa grand-mère.

Lou réalisa que la sorcière ne dormait en effet jamais !

« Parce qu'elles se reposent en faisant peur aux enfants, reprit sa grand-mère. La seule solution pour endormir une sorcière est de ne pas avoir peur d'elle.

Pour apprendre à vaincre tes peurs, il faut que tu suives un entraînement adapté ! »

Et, se levant de table, elle commença aussitôt l'entraînement anti-sorcière de Lou.

« Aide-moi à nettoyer la cuisine » commença-t-elle.

Mais, quand Lou ouvrit le placard à balais, sa grand-mère qui s'était cachée dedans lui sauta dessus en criant, et Lou hurla.

« Nous pourrions regarder la télévision » proposa plus tard la grand-mère. Mais, dès que Lou fut tranquillement assise, sa mamie fit éclater un ballon derrière le canapé, et Lou sauta au plafond.

Après le dîner, la grand-mère se déguisa en sorcière. Quand Lou la vit approcher, elle frissonna, puis reconnut le doux rire de sa mamie.

La fillette avait subi tant d'épreuves qu'elle s'endormit malgré elle ce soir-là. Mais cette fois, lorsque la sorcière apparut dans ses rêves et s'approcha d'elle en ricanant, Lou ne trembla même pas du petit doigt. Au contraire, elle se précipita à sa rencontre et s'écria :

« Enlève ce déguisement, mamie. Je sais que c'est toi ! »

Comme Lou n'avait pas peur d'elle, la sorcière s'endormit aussitôt en ronflant. Depuis ce jour, Lou dort toujours sur ses deux oreilles !

MAGAZINE
des
Princesses
Le Putois est de saison !
Cet hiver mettez une peau de putois pour être une vraie FASHIONISTA!
Rapunzel
Blanche Neige
Automne-Hiver
2,5 pièces d'or

Peau de putois

Il était une fois une princesse très fashion qui suivait la mode dans ses moindres détails.

Quand le *Magazine des Princesses* décrétait qu'il fallait s'habiller en rose, la princesse courait dans les grands magasins s'acheter une robe rose, un serre-tête rose, des colliers roses, des pantoufles roses.

Elle ressemblait à un vrai bonbon ! Mais qu'importe, puisqu'elle était à la mode ! Or, un jour, le magazine titra :

« Cet hiver, mettez une peau de putois, pour être une vraie fashionista !

Au placard, la zibeline et le vison !

C'est le putois qui est de saison ! »

Aussitôt, la princesse vida ses armoires et convoqua son garde-chasse :

« Garde, il me faut sur-le-champ quatre peaux de putois pour me faire un manteau !

– Princesse, c'est comme si c'était fait. »

Et le brave homme alla dans la forêt, tua quatre pauvres bêtes qui n'avaient rien demandé à personne et rapporta leur peau à la princesse fashion addict.

La princesse, toute contente, ordonna à sa couturière de lui coudre un beau manteau en peau de putois.

Et le lendemain, toute fière, la princesse arbora son nouveau vêtement.
Les serviteurs se bouchèrent le nez, les gardes tombèrent comme des mouches sur son passage, tant l'odeur de sa pelisse les incommodait.
Mais la princesse s'en fichait : elle était à la mode, c'était tout ce qui importait.
Elle alla se promener dans la forêt, sans prévoir ce qui allait lui arriver.

En effet, les animaux étaient très en colère.

Ils avaient vu le garde-chasse emporter quatre des leurs pour en faire un manteau de fourrure et ils avaient décidé de se venger.

Aussi, quand les animaux virent la princesse se pavaner tranquillement dans sa nouvelle pelisse,

ils passèrent à l'attaque :

les écureuils la bombardèrent de noisettes ; le hibou, ailes déployées, plongea vers la malheureuse et lui tapa sur le crâne à coups de bec ; les sangliers la chargèrent de leurs défenses et l'envoyèrent valser dans les fourrés ; là, le cerf lui flanqua un bon coup de bois dans la figure, tandis que ses petits faons la piétinaient de leurs sabots.
Les moustiques portèrent l'estocade finale en la piquant partout où ils le pouvaient. C'est ainsi que la princesse à la peau de putois rentra chez elle, boitant, saignant, pleurant, couverte de boutons et d'ecchymoses,

mais à la mode, s'il vous plaît !

Princesse Framboisine

Il était une fois, dans un lointain royaume, une jolie princesse qui s'appelait Framboisine. Ses cheveux étaient blonds comme le miel, sa peau rosée comme une dragée et ses yeux brillants et noirs comme de la réglisse.

Le roi Pralin, son père, se désolait qu'elle n'ait toujours pas trouvé d'époux.

« Framboisine, quel prince rêverais-tu d'épouser ?

— Je donnerai mon cœur à celui qui m'apportera le plus délicieux des desserts », répondit Framboisine.

Aussitôt, la nouvelle se répandit dans tout le pays.

Et un beau jour, trois prétendants vinrent se présenter avec leurs pâtisseries, déterminés à séduire la princesse.

Le premier, le prince Gourmand, avait décidé d'impressionner Framboisine par la taille de son gâteau. Une charrette transportait une énorme charlotte aux framboises, en hommage au prénom de la jolie princesse. Framboisine goûta un morceau et fut vite écœurée.

« Il y a beaucoup trop de crème et de sucre ! Je vais être malade si je reprends une bouchée ! »
Le prince Gourmand avait eu les yeux plus gros que le ventre de sa princesse et il repartit, tout penaud.

Le deuxième, le prince Éclair, s'était dit qu'il allait la séduire avec un gâteau au chocolat. Malheureusement, il était toujours pressé et avait confondu pour sa recette le sucre avec le sel.

« Pouah ! Mais quelle horreur ! » s'écria Framboisine.

Le roi le congédia sur-le-champ : « Un prince aussi étourdi ne mérite pas ma fille ! »

Enfin, le troisième prince apparut.

Le prince Macaron s'avança vers la princesse en tenant une boîte sertie de bonbons scintillants comme des pierres précieuses.

Framboisine ouvrit le précieux coffret et découvrit un minuscule biscuit de couleur rose. Elle osait à peine le manger mais, après un regard vers le prince Macaron, tout ému lui aussi, elle finit par le croquer.

Son père guettait sa réaction.

« Oh père, c'est merveilleux ! Ce biscuit me rappelle ceux que me confectionnait ma marraine, la bonne fée Nougatine !

— Prince Macaron, je vous félicite ! Vous venez de conquérir l'amour de ma chère fille ! » s'exclama le roi Pralin.

Framboisine et Macaron se marièrent et eurent quatre enfants très gourmands : Roudoudou, Berlingot, Meringue et Caramel !

Magie à l'aveuglette

Il était une fois une drôle de fée qui se prénommait Félicie. Chaque matin, munie de sa baguette, elle se mettait en quête de ceux qui avaient besoin de sa magie. Hélas ! Félicie était aussi myope qu'une taupe ! Et ses tours de magie étaient souvent loufoques…

C'est ainsi qu'en traversant la forêt, elle trébucha sur les racines d'un chêne et crut qu'elle avait marché sur les pieds d'un promeneur.

« Pardon Monsieur, lui dit-elle. J'espère que je ne vous ai pas fait mal. »

Évidemment, l'arbre ne répondit pas ! Alors Félicie le crut muet et décida de lui redonner la parole !

Elle agita sa baguette.

Et l'arbre se mit à parler, puis à raconter des histoires, puis à chanter sans jamais s'arrêter, ni le jour ni la nuit.

Quelque temps plus tard, elle passa près d'un bûcheron qui se désaltérait au bord d'une rivière et elle le prit pour un dindon… sans tête. Et hop ! En un coup de baguette magique elle l'affubla d'une tête de volatile. Apercevant son reflet dans la rivière, le bûcheron prit peur ! « Qu'est-ce qui m'arrive ? » se demanda-t-il affolé. Mais la fée était déjà loin, convaincue une fois de plus d'avoir bien agi.

Les animaux et les villageois décidèrent alors de l'aider à y voir plus clair…

Pendant que Félicie faisait la sieste, sans faire de bruit, ils posèrent sur son nez une paire de lunettes. Et lorsqu'elle se réveilla, elle vit devant elle l'homme avec une tête de dindon.

« Que celui qui a fait ça soit changé en grenou… ! »

À peine avait-elle prononcé ces mots qu'elle se mit à coasser. « Coa, coa… C'était donc moi ! » s'exclama-t-elle, désolée.

Heureusement, elle n'avait pas fini la formule magique et elle ne devint pas une grenouille. Quand elle retrouva tous ses pouvoirs de fée, elle redonna au pauvre homme sa vraie tête. Et Félicie promit de garder ses lunettes pour ne plus jamais faire de magie à l'aveuglette !

LE CRAPAUD-PRINCE CHARMANT

Un beau jour, un crapaud croisa sur sa route une fée très gentille et très professionnelle. À l'instant où elle le vit – « Abracadabra ! » – elle le transforma en un prince très beau, très riche et très charmant, alors qu'il n'avait rien demandé du tout !

Le lendemain, le crapaud-prince parut à la cour du roi. Il était si beau et si charmant, avec son pourpoint vert d'eau, que toutes les jeunes filles en tombèrent amoureuses.
Certes, quelquefois, il gonflait ses joues ou attrapait au vol une mouche avec la langue. Mais personne ne songeait à s'en étonner ! Au contraire, cela lui donnait un charme encore plus mystérieux.

La fille du roi tomba en amour, elle aussi. Elle vint trouver le bel inconnu qui coassait tristement au bord de la mare du palais. Le cœur battant, elle dit : « Beau géant vert, vous le devinez, je vous aime, mon cœur bat pour vous : voulez-vous m'épouser ? » Le prince cracha discrètement un petit filet de bave verdâtre, puis répondit très poliment : « Princesse, vos attraits sont attrayants, mais mon cœur est déjà pris… Dans un autre royaume, quelqu'un m'aime et m'attend. » La princesse sentit la moutarde lui monter au nez :

« Quoi,
vous en préférez une autre !
Qui donc peut avoir plus
de mérite à vos yeux
que la fille
du roi ? »

Le prince montra un nénuphar qui flottait sur la mare royale. Une jolie rainette aux yeux graciles, aux cuisses de grenouille et à la peau ruisselante d'eau s'y prélassait.

« Voici celle que j'aime : la princesse des nénuphars…

Elle m'aimait, mais j'ai été victime d'un sortilège : une fée m'a transformé en prince. Et seul un baiser de mon aimée pourra me rendre mon apparence animale… »

La princesse, oubliant sa colère, fut émue par cette belle et triste histoire. Les princesses sont toujours sensibles aux histoires d'amour. S'accrochant au bras de l'inconnu, elle lui dit :

« Pourquoi ne lui ouvrez-vous pas votre cœur, beau prince ?

— Elle prendrait peur, vous ne connaissez pas les grenouilles… »

La princesse, qui avait un grand cœur, alla chercher un appât et une épuisette. Elle réussit à capturer la rainette, la prit sur sa paume pour la rassurer et la tendit au prince, en lui disant d'une voix caressante :

« C'est ton amoureux, ma belle… »

Bien sûr, la grenouille ne parlait pas la langue de la jeune fille. Elle essaya de s'enfuir mais, dans sa panique, elle fit un saut maladroit. Elle heurta le prince charmant au visage et sa grosse bouche visqueuse rencontra celle du jeune homme.

Aussitôt, dans un éclair aveuglant, le prince, libéré par ce baiser, redevint crapaud ! Et c'est ainsi que le prince retrouva son amour et que tout finit bien au pays des batraciens !

Depuis cela, la fille du roi, elle, se méfie des princes qui regardent trop les mouches voler, ont des joues rondes et des pourpoints verts.

Ce ne sont peut-être que de vulgaires crapauds !

Le manoir de Satanicaboche

Le Grand Effroi était un manoir hanté par la sorcière Satanicaboche. Seuls les plus courageux osaient s'en approcher. Il n'y avait pas de porte, mais seulement un grand trou noir par lequel ceux qui entraient ne ressortaient jamais. Des promeneurs se risquaient parfois devant l'entrée, fascinés par les sons étranges qui en sortaient : des rires inquiétants, des bruits de verre cassé et… des cris d'enfants !

Pierrot et Alix regardaient le manoir avec des yeux épouvantés.
« Viens Alix, dit soudain le grand frère courageux, on va voir à quoi elle ressemble cette sorcière ! »
Mais quand ils entrèrent dans l'antre noir, Pierrot sentit la peur lui nouer l'estomac. Alix serra fort la main de son frère.
« Pierrot, j'ai peur ! articula-t-elle d'une voix tremblante.
– Tu ne risques rien, reste avec moi…

AAAAAAAAAAH ! »

Pierrot venait de sentir une main dans son cou. Quelqu'un avait essayé de l'étrangler ! Soudain, un rire terrible retentit :

« Ah, Ah, Ah ! Les enfants,
vous ne sortirez pas d'ici vivants ! »

Un éclair tonitruant déchira la pièce, juste le temps pour Pierrot et Alix d'apercevoir sur le mur une énorme tache rouge : du sang ! Effrayés, les deux enfants se mirent à crier et à courir droit devant eux, avançant aussi vite qu'ils pouvaient dans l'obscurité. Alix se retourna pour voir si on la poursuivait et se retrouva nez à nez avec Satanicaboche ! Dans le noir, la sorcière n'avait pas de corps, seul son visage était éclairé, un visage de feu avec deux trous noirs à la place des yeux.
Le cri d'Alix alerta Pierrot. « Ne te retourne pas ! lui cria-t-il, je vois de la lumière, ça doit être la sortie ! »

Dans un dernier effort, Pierrot et Alix jaillirent du trou noir. Ils se précipitèrent vers leurs parents qui les attendaient de l'autre côté du manoir. « Alors, vous vous êtes bien amusés, les enfants ?

– Oui, j'aime bien avoir peur ! répondit Pierrot.

– Mais seulement à la fête foraine ! » ajouta Alix.

Rax au temps des dinosaures

Rax était la plus affreuse sorcière de tous les temps. Oui, de **tous** les temps ! Car avec son balai magique, elle se promenait à travers les époques et terrorisait tout le monde !

Un jour, elle se dit :

« La seule époque que je n'ai pas encore visitée, c'est la Préhistoire. »

Et boum ! Rax atterrit au milieu des dinosaures. C'étaient des animaux féroces et atroces ; mais à la vue de la sorcière, ils se jetèrent à la mer jusqu'au dernier.

« Grands poltrons ! » ricana Rax.

Elle voulut décoller vers une autre époque. Mais son balai magique avait disparu, car au temps des dinosaures, aucun balai n'existait sur la Terre ! Rax resta donc coincée à jamais dans la Préhistoire, et les hommes furent délivrés d'elle… et des dinosaures !

Une galaxie pour voile de mariée

Le chevalier Anselme aimait la douce princesse Aliénor.

Aliénor rêvait de l'épouser parce qu'il était beau et vaillant. C'était le plus gentil de tous les chevaliers du royaume.

Anselme alla donc trouver le roi, père de la princesse, pour lui demander la main d'Aliénor. Hélas ! Anselme était trop pauvre aux yeux du roi.

Celui-ci décida de soumettre le chevalier à une épreuve impossible.

« J'accepte de te donner ma fille, à une condition. »

Le roi entraîna Anselme sur la plus haute tour du château. La nuit était remplie d'étoiles.

« Vois-tu cette longue traînée blanche dans le ciel ? interrogea le roi.

— Oui, Sire. C'est notre galaxie, la Voie lactée.

— Bonne réponse, jeune homme. Mais moi, je préfère l'appeler le Voile lacté, parce que cela ressemble à un voile. Et sais-tu ce que contient le Voile lacté ?

— Des milliards de constellations, d'étoiles et de comètes, répondit Anselme.

— Eh bien ! Je t'ordonne d'aller décrocher du ciel le Voile lacté.

Ce sera le voile de mariée d'Aliénor. Car rien n'est trop beau pour ma fille ! »

Anselme aurait pu être désespéré, mais rien ne paraît impossible à un chevalier fou d'amour ! Il avait pour seule richesse quatre magnifiques faucons de chasse. C'étaient les oiseaux les plus rapides et les plus intelligents du royaume.

Pendant un an, Anselme les entraîna à voler toujours plus haut, toujours plus vite. Petit à petit, ils percèrent les nuages, frôlèrent la lune, dépassèrent le soleil…

Un soir, ils parvinrent à cueillir du bec les sept étoiles de la Grande Ourse. Anselme avait presque atteint son but. La nuit suivante, il lança ses faucons vers l'espace avec cette folle mission : décrocher le Voile lacté.

Cette nuit-là, assise à sa fenêtre, Aliénor regardait les étoiles en pleurant. Elle rêvait à son bel Anselme qu'elle n'épouserait jamais…

Soudain, elle vit s'agiter le Voile lacté. Les faucons l'avaient saisi aux quatre coins dans leurs becs et ils revenaient vers la Terre plus vite que des flèches, tandis qu'une pluie d'étoiles filantes échappées du Voile se répandait dans le ciel.

Cet exploit émerveilla le roi, et les noces d'Anselme et d'Aliénor eurent lieu le lendemain même.

Le voile resplendissant de la mariée faisait plusieurs fois le tour de la Terre,

mais il semblait presque pâle
à côté des yeux d'Aliénor,
qui scintillaient de bonheur.

La Belle
et les Puants

Osmond, le plus élégant des chevaliers, est un jour appelé par le roi :
« Ma fille Blanche a été enlevée par les Puants, des brigands qui ne se lavent jamais. Si tu la sauves, tu pourras l'épouser. Mon fidèle page Bertrand t'accompagnera. »
Osmond réfléchit : « Les Puants ? Beurk ! Mais pour le plus beau des chevaliers, il faut la plus belle des princesses… »
« Sire, je la sauverai ! » répond-il au roi.
Les deux cavaliers partent aussitôt. Guidés par l'odeur, ils suivent facilement la trace des brigands. Pourtant, ils s'arrêtent sans cesse :

« Recoiffe-moi !

ordonne Osmond. Et nettoie mon manteau, il est plein de boue !
– Le temps presse, Messire, proteste Bertrand.
– Tais-toi, imbécile ! Veux-tu donc que la princesse me voie sale et négligé ? »

Enfin, ils arrivent à une forteresse entourée d'ordures et d'eau verdâtre. Il s'en dégage une terrible odeur d'œuf pourri.

« Pas question que je me salisse ! s'écrie Osmond, un mouchoir sur le nez. Vas-y, toi, ordonne-t-il à Bertrand. Et ramène-moi la princesse ! »

Le page saute à l'eau, nage jusqu'à la muraille et l'escalade en un clin d'œil. Il assomme deux brigands puis, de son épée, menace les autres qui s'enfuient en abandonnant la princesse évanouie. Bertrand l'emporte dans ses bras et la dépose à côté d'Osmond.

Le chevalier, vêtu de satin et parfumé de violette, attend alors que la Belle se réveille. Elle ouvre des yeux éperdus d'admiration :

« Comme vous êtes courageux ! Comme vous êtes beau et… propre ! »

Puis, sentant l'odeur du page, elle tourne la tête vers lui.

Le chevalier crie aussitôt : « Disparais, vilain, tu pues ! »

Mais Blanche comprend tout : « Reste, dit-elle. Car si tu sens si mauvais, c'est que tu m'as sauvée ! »

Déshonoré par sa tricherie, Osmond s'enfuit. Et Bertrand ramène la princesse qui se serre fort contre lui, malgré sa puanteur. Le roi les accueille, très ému : « Je te donne ma fille en mariage, dit-il à Bertrand. Mais à une condition…

– Laquelle, Sire ?

– Que tu prennes un bain ! »

Enchantements

Bertrand le troubadour est amoureux. Hélas, l'amour est parfois bien compliqué : la belle Aude, la lavandière, ne s'intéresse pas à lui, c'est à peine si elle le remarque !

Aussi, Bertrand s'en va consulter Romulf le sorcier.

« Pourriez-vous me concocter un philtre d'amour pour qu'Aude m'aime ? lui demande Bertrand, intimidé.

– C'est impossible, je suis débordé de travail ! bougonne le sorcier. Tout le monde me passe commande en même temps et tout est urgent : une potion pour aider le chevalier à gagner son tournoi, un arbre dansant pour le jardin de la reine, une saucisse géante pour le mariage du forgeron… Je ne sais plus où donner de la tête ! »

Bertrand est fort déçu.

Le sorcier lui conseille alors d'aller voir Elowin, la jeune fée débutante installée près de la source dorée.

Lorsque le troubadour se présente chez elle, Elowin bondit de joie : enfin on a besoin d'elle, depuis le temps qu'elle attendait !

Malheureusement, cette étourdie a oublié la formule magique de l'amour. Vite, elle vole jusque chez Romulf lui demander conseil.

Mais, à peine entrée, elle se prend le pied dans sa robe et fait la culbute parmi les flacons, renversant mille et un ingrédients.

« Oups, désolée, s'excuse-t-elle.

Ne vous inquiétez pas, je vais tout ranger ! »

D'un coup de baguette, elle remet tout en place, enfin… presque.

Le sorcier est si contrarié qu'il la met aussitôt à la porte.

« Rien à faire ! avoue-t-elle navrée à Bertrand qui l'attend chez elle. Je ne sais pas comment vous aider. »

Désespéré, le troubadour erre sur le sentier des trois fontaines. Il est si abattu qu'il se met à chantonner une chanson très triste qu'il vient d'inventer.

Or Aude la lavandière passe par là pour aller laver son linge. Elle s'arrête, envoûtée par cette belle chanson mélancolique… et par ce troubadour qu'elle trouve soudain charmant.

Tous deux se sourient infiniment…

Bertrand est stupéfait d'avoir réussi ce prodige sans l'aide de la magie !

De son côté, Elowin a la visite de Romulf : « À cause de vous, rouspète-t-il, le chevalier a été transformé en saucisse, la reine a remporté le tournoi et le forgeron est perché sur un arbre dansant ! »

Honteuse, la jeune fée baisse le nez.

« Toutefois, une fois désensorcelés, ajoute le sorcier, ils m'ont dit s'être beaucoup amusés ! Aussi je vous propose de vous associer avec moi. Un peu d'aide et de fantaisie me feraient vraiment plaisir… »

Depuis, la fée et le sorcier ont beaucoup de succès et les gens sont enchantés !

La princesse de Claves

La princesse de Clèves était une douce jeune fille qui passait ses journées à lire des romans et à faire de la tapisserie dans la solitude et le silence de sa haute tour. Ses parents n'avaient jamais eu à se plaindre d'elle.

Pas une bêtise, pas une colère,
pas un caprice, rien de rien.

Une enfant modèle, d'une discrétion absolue. Quand elle jouait du clavecin, elle mettait la sourdine, quand elle chantait, on eût dit un léger piaillement de petit oiseau.

Mais un jour, la princesse de Clèves fut invitée à passer ses vacances d'été en Afrique, chez sa tante, la reine de Morogoro.

Deux mois plus tard, la petite princesse fut de retour.

Quand elle descendit du carrosse, ses parents n'en crurent pas leurs yeux. **Leur fille avait troqué sa robe bleu pastel contre un boubou coloré.** Ses cheveux longs et lisses avaient été tressés en centaines de nattes. Et son teint de porcelaine avait disparu sous le soleil africain.

Mais surtout, elle tenait dans ses mains deux étranges bâtons. Qu'elle se mit à taper l'un contre l'autre en cadence, sans s'arrêter. La reine se boucha les oreilles, le père s'approcha :

« Qu'est-ce que ce vacarme, ma fille ? hurla-t-il pour couvrir le bruit de ces étranges instruments. Et que sont ces bâtons ?

– Ce sont des claves, mon père, car désormais, je ne suis plus la princesse de Clèves mais la princesse de Claves. Fini le clavecin en sourdine, la tapisserie, les romans ennuyeux !

Vive la vie,
vive la musique ! »

Et la jeune fille se remit à taper avec ses deux bâtons et à danser.

Le roi et la reine se regardaient, effarés. Puis le monarque se ressaisit et emmena la princesse dans sa tour.

« Reposez-vous, chère enfant. Ce voyage vous aura perturbée.

Demain, vous aurez retrouvé vos esprits et votre calme ! »

Mais le lendemain, la princesse descendit au petit déjeuner en jouant des claves et en dansant.

« Bonjour papa, bonjour maman. J'ai bien réfléchi cette nuit. »

Le roi et la reine poussèrent un soupir de soulagement. Ils allaient enfin retrouver leur petite princesse, si douce et si tranquille.

Mais…

« Je souhaiterais organiser une grande fête au château avec des danseurs et des musiciens. Êtes-vous d'accord ? »
La princesse dut retourner dans sa chambre immédiatement.
Mais elle passa la journée à faire de la musique et à danser.
Dans le château, sa joie commençait à être communicative. On chantait en cuisine, on riait en faisant reluire le plancher, on fredonnait pendant le repassage.
« Le désordre gagne, cher ami, dit la reine. L'anarchie est proche.

Agissez, que diantre ! »

On confisqua ses claves à la princesse. Elle se servit de ses couverts.
On confisqua ses couverts. Sa brosse et son peigne les remplacèrent.
On les confisqua encore. Elle dévissa les pieds de sa coiffeuse et s'en fit de nouveaux instruments.
« Je ne vois qu'une solution, ma mie, décréta le roi. Soignons le mal par le mal et imposons-lui un nouveau voyage. Dans un pays froid, désertique, silencieux, et c'en sera fini de toute cette horrible musique !
Nous retrouverons ainsi notre petite fille, si douce et si tranquille.
– Très bien, répondit la princesse de Claves. Ce sera certainement l'occasion pour moi de découvrir de nouveaux horizons, de nouveaux instruments et de nouvelles danses. »

Le roi et la reine rirent sous cape.
Leur fille ne savait pas ce qui l'attendait là-haut dans

le Grand Nord !

Mais quand la princesse de Claves revint un mois plus tard, ils ne rirent plus du tout. Elle avait déniché chez les Inuits un merveilleux instrument de musique.
« C'est un kilaut ! annonça-t-elle fièrement en descendant du carrosse, couverte de fourrures et de jupons colorés. C'est un tambour en peau de caribou. On tape dessus et il produit des sons merveilleux ! »
La reine s'évanouit, le roi cassa son sceptre, et la musique envahit de nouveau le château.

Moralité : quand la musique est bonne !

La fée paresseuse

Luala est une petite fée très paresseuse.
Elle n'apprend jamais ses leçons, et passe ses soirées à rêvasser et à regarder la télévision. Elle ne voit pas l'intérêt d'apprendre par cœur des formules magiques pour faire voler, transformer ou multiplier les objets. Cela ne lui sert à rien puisque ce qu'elle préfère, c'est se reposer toute la journée.
Ce soir, les parents de Luala sont sortis dîner chez des amis magiciens. Sa mère lui a laissé un plat tout prêt qu'il suffit de faire réchauffer. Mais Luala ne sait pas comment faire. Elle croit se souvenir de la formule magique que sa mère utilise pour réchauffer les plats d'un claquement de doigts. Seulement, elle inverse deux syllabes et son repas se met à flamber !

Luala n'a plus rien à manger.

Elle s'installe dans le salon pour regarder la télévision. Quand elle l'allume, les images apparaissent complètement déformées. La petite fée ne sait que faire. Elle croit se rappeler la formule magique qu'utilise son père pour tout réparer d'un claquement de doigts. Mais elle inverse deux mots et l'écran s'éteint définitivement.

Luala n'a plus qu'à aller se coucher.

Elle monte dans sa chambre. Malheur, son lit n'est pas fait ! Luala sait le faire, mais elle n'en a pas envie, c'est trop fatigant. Elle croit se souvenir des quelques lignes de la formule magique qu'utilisent ses parents pour faire le lit d'un claquement de doigts. Mais elle inverse deux phrases et tous les objets de la chambre tombent par terre.

La petite fée est maintenant obligée de tout ranger !

Quand ils rentrent de leur dîner, les parents de Luala trouvent la fillette endormie. Son cahier de leçons repose sur son oreiller, car elle a décidé de se mettre à travailler et d'apprendre les formules magiques. Quand on les sait bien, on peut tout faire en claquant des doigts. C'est beaucoup moins fatigant que de le faire vraiment !

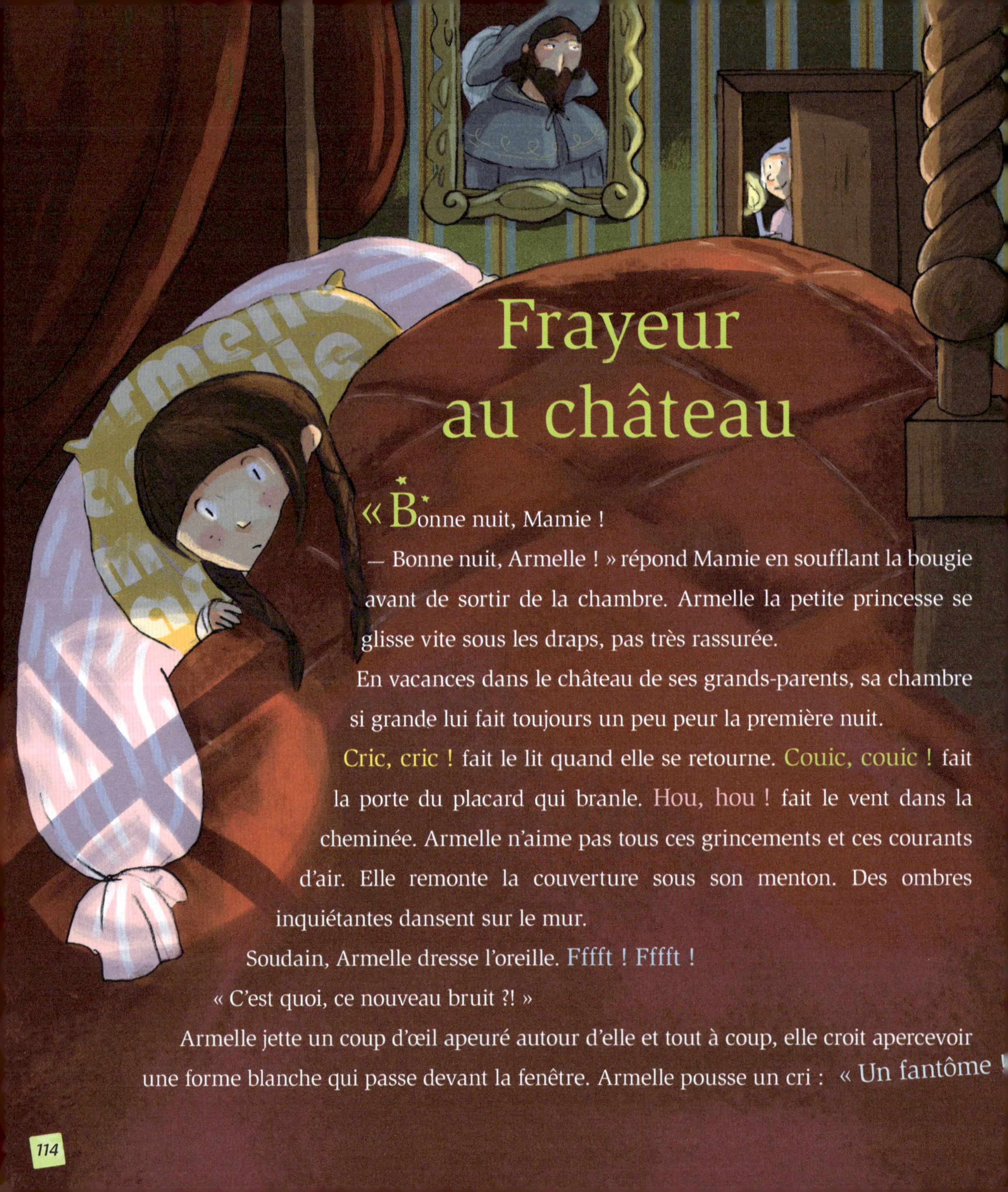

Frayeur au château

« Bonne nuit, Mamie !

— Bonne nuit, Armelle ! » répond Mamie en soufflant la bougie avant de sortir de la chambre. Armelle la petite princesse se glisse vite sous les draps, pas très rassurée.

En vacances dans le château de ses grands-parents, sa chambre si grande lui fait toujours un peu peur la première nuit.

Cric, cric ! fait le lit quand elle se retourne. Couic, couic ! fait la porte du placard qui branle. Hou, hou ! fait le vent dans la cheminée. Armelle n'aime pas tous ces grincements et ces courants d'air. Elle remonte la couverture sous son menton. Des ombres inquiétantes dansent sur le mur.

Soudain, Armelle dresse l'oreille. Fffft ! Fffft !

« C'est quoi, ce nouveau bruit ?! »

Armelle jette un coup d'œil apeuré autour d'elle et tout à coup, elle croit apercevoir une forme blanche qui passe devant la fenêtre. Armelle pousse un cri : « Un fantôme

La forme blanche ouvre une grande bouche et hurle à son tour : « AAAAAAH ! »

Trop, c'est trop ! Armelle bondit de son lit et court attraper la longue épée de son grand-père suspendue au-dessus de la cheminée. Elle se retourne, claquant des dents de peur, mais le fantôme semble avoir disparu. A-t-elle rêvé ?

Alors qu'elle baisse les yeux, elle voit quelque chose qui bouge sous son lit. Comme elle est une princesse courageuse, Armelle lance, le cœur cognant dans sa poitrine : « Fantôme ! Sors de sous ce lit et viens te battre si tu l'oses ! »

C'est alors qu'une petite voix lui répond : « Non, j'ai trop peur de vous… »

Surprise, Armelle se penche et aperçoit, tapi sous le lit, un petit fantôme tout tremblant et qui claque des dents !

« Qui es-tu ? demande Armelle.

— Je m'appelle Hector, répond le petit fantôme en sortant prudemment la tête. Mes parents m'ont envoyé en vacances dans ce grand château, mais, tout seul, j'ai peur ! Et je ne m'attendais pas à tomber sur un humain !

— Ni moi sur un fantôme ! répond Armelle en riant. Eh bien, moi aussi, je suis seule pour les vacances. Alors, si je ne te fais pas trop peur, reste ici jouer avec moi ! »

Hector accepta et c'est ainsi qu'une petite princesse téméraire et un petit fantôme solitaire passèrent des vacances extraordinaires !

Les voisins

Il était une fois, au fond d'une forêt sinistre, peuplée d'arbres morts et de vieux hiboux édentés, un sorcier et une sorcière qui vivaient tout près l'un de l'autre. Les fleurs ne poussaient pas dans ce labyrinthe de branches griffues, et les lapins, les biches et les écureuils avaient fui depuis longtemps. **Les deux voisins étaient donc tranquilles, mais ils se détestaient !**

Les premiers temps, quand ils se rencontraient dans les bois, ils ne se parlaient pas, même pas un petit bonjour. Puis, de leur fenêtre, ils s'étaient lancé des insultes : « Vieille noix bossue ! », « Espèce de patate pourrie ! », « Grosse pustule ! », « Face de limace ! ».

Ensuite, Grognon le sorcier avait jeté un sort au crapaud préféré de Zaza la sorcière qui se servait de sa bave empoisonnée pour ses potions magiques. Pendant une semaine, le crapaud cracha des pâquerettes, ingrédient complètement inutile pour une sorcière digne de ce nom !

Alors, pour se venger, Zaza fit pleuvoir des trombes d'eau sur la maison de Grognon.

Du coup, sa poudre de pattes de cafard toute mouillée était bonne à jeter ! Furieux, Grognon essaya de transformer Zaza en vieille chouette pelée, mais il se trompa dans sa formule et il métamorphosa sa voisine en… belle jeune fille ! En se voyant si jolie dans son miroir, Zaza eut une idée et elle s'écria : « Je vais écrire à tous les princes charmants des alentours. L'un d'eux tombera amoureux de moi, je deviendrai une princesse, et toi, vieux hibou, tu resteras tout seul ! » Et la sorcière claqua la porte de sa maison en ricanant.

« Misère, se lamenta Grognon soudain très malheureux. Je n'ai pas envie de rester seul dans cette forêt. Il faut que je trouve une solution. »

Vite, le sorcier mélangea dans un bol quelques rognures d'ongles, une pincée de poils de rat, de la gelée d'œil d'araignée, un jus de vieille chaussette. Il avala le tout en se bouchant le nez et se changea... en crapaud.

En coassant, il bondit jusque devant la maison de Zaza qui sortait, son paquet de lettres à la main. « Oh, un crapaud ! minauda la sorcière. C'est peut-être un prince charmant. Je vais devenir une princesse plus vite que prévu. » Elle souleva le crapaud, elle lui donna un gros baiser et...

« Haaa !

Un affreux sorcier, s'écria la sorcière

— Haaa, une vilaine sorcière », s'écria le sorcier. Les deux voisins se regardèrent et partirent soudain dans un irrésistible fou rire. « Tu m'as tendu un piège, vieux cochon ! dit la sorcière.

— Et toi, tu n'es pas une vraie princesse, gargouille ! » répondit le sorcier.

Ainsi, les deux amis reprirent leurs chamailleries et tout rentra dans l'ordre.

Le prince distrait

Il était une fois un prince beau et intrépide. Pourtant, le roi son père pensait qu'il ne trouverait jamais de princesse car il était terriblement distrait !

Et le roi se lamentait : « Blanche-Neige ? Il aurait dû l'épouser, mais il s'est perdu dans la forêt ! La Belle au bois dormant ? Il avait oublié l'adresse du château ! Cendrillon ? Ce jour-là, il est arrivé en retard, après les douze coups de minuit ! »

Un jour, le roi vint voir son fils et lui dit : « Mon fils, j'ai consulté le registre des princesses. Vois, elles sont toutes mariées, SAUF UNE qui habite dans un château avec donjon.

Alors vas-y, trouve-la et marie-toi, bon sang ! »

Le prince distrait partit donc à sa recherche.

Après une longue chevauchée, il arriva devant un château. Mais que lui avait donc dit le roi son père ? Un château avec donjon ou un château sans donjon ?

Le prince réfléchit et décida, sûr de lui : SANS donjon. Il s'approcha.

« Il y a quelqu'un ? » hasarda le prince. Après un instant, une ravissante jeune fille apparut et le prince s'excusa. « La porte était ouverte et je...

— Oh ! ne vous inquiétez pas, répondit la jeune fille. Je suis si distraite, j'oublie toujours de la fermer.

— Qui êtes-vous, jolie demoiselle ? lui demanda le prince, sous le charme.

— Une princesse, mais personne ne me connaît, car j'ai oublié de m'inscrire sur le registre des princesses. Et vous ?

— Oh, moi, je... je suis... »

Le prince se mit à bafouiller et à rougir. La princesse distraite le trouva si charmant qu'elle en tomba amoureuse. Quand il eut retrouvé sa voix, le prince lui demanda si elle voulait l'épouser et elle accepta.

Les deux tourtereaux se marièrent et furent très heureux, tout distraits qu'ils étaient.

Quant à la princesse du registre des princesses habitant un château AVEC donjon ?

Eh bien, peut-être attend-elle encore son prince !

Le sortilège
de Laide-comme-un-pou

Une ambiance de fête régnait dans le royaume Lumière d'or : le roi et la reine venaient de donner naissance à une petite fille !

Ils la nommèrent Fleur, car elle était aussi belle qu'une rose venant d'éclore. Tous s'émerveillaient devant la belle enfant quand soudain, la terrible sorcière Laide-comme-un-pou surgit et jeta un sort à la princesse : « Fleur sera la plus laide de toutes les princesses et lorsqu'elle atteindra l'âge de se marier, chaque prétendant qui la verra se figera en statue. »

Et tandis que les années passaient, le visage de Fleur se fanait comme les pétales d'une rose.

La pauvre s'enlaidissait seule dans son coin, rejetée par tous.

Un jour, le roi décida qu'il était temps de marier sa fille. Il convia tous les princes et chevaliers, et ce qui devait arriver arriva : chaque fois qu'un prince rencontrait le regard de la princesse, il se transformait en statue ! Désespérée, Fleur s'enferma dans la plus haute tour du château et pleura jour et nuit. Phénomène incroyable, ses gémissements sitôt sortis de sa bouche se transformaient en une voix mélodieuse. Venu d'un royaume lointain, un jeune homme qui passait à proximité du château fut saisi d'admiration.

Quand on l'informa que la jeune femme était la plus laide de toutes les princesses, il refusa de le croire et demanda à la voir. Fleur accepta qu'ils se parlent à travers la porte. Ils firent connaissance et devinrent si amoureux l'un de l'autre qu'ils décidèrent de se marier sans s'être jamais vus !

La cérémonie se déroula devant la porte du donjon qui séparait les deux mariés. Au dernier mot, Fleur ouvrit la porte : dans une lumière éblouissante, elle apparut rayonnante et belle comme une rose.

L'amour venait de briser le sortilège !

Le royaume Lumière d'or retrouva sa gaieté et s'appela désormais le royaume de Belle-Fleur.

L'énigme de Fleur

Preux chevaliers,

Cette lettre vous est destinée, à vous qui voulez m'épouser. Elle contient une énigme à déchiffrer, une devinette qui me ressemble, vous verrez. J'offrirai ma main à celui qui la résoudra et m'apportera cette fleur au doux parfum qui manque à mon jardin.

Mon premier chante au matin, dans le silence on n'entend que lui,
Mon deuxième est douillet, j'y dors comme un loir toutes les nuits,
Mon troisième est une syllabe qu'on répète pour nommer un fruit,
Mon tout est de ma couleur préférée et sent bon le printemps et l'été !

Si vous avez deviné, voici où me trouver : pieds nus sur l'herbe verte, je serai du matin au soir dans le jardin du Manoir.

Princesse Fleur

Solution : coquelicot (coq-lit-co).

Fleur-de-Navet

La petite fée Fleur-de-Navet ne savait faire qu'un seul tour de magie : transformer les gens en fleurs.

« C'est un sort de bébé ! »

se moquaient les autres fées.

Un jour, Fleur-de-Navet en eut assez et elle consulta le *Grimoire secret* :

« Pour devenir la meilleure fée de l'univers, lut-elle, mélangez une larme de pic-vert, deux graines de potiron et trois cheveux de fées-garçons. »

« Des fées-garçons ? dit Fleur-de-Navet.

Jamais entendu parler ! Mais j'en trouverai, nom d'une azalée ! »

Toute la journée, Fleur-de-Navet chercha. Elle rencontra des oisillons, des moucherons, des limaçons, des trolls ronchons, mais pas l'ombre d'une fée-garçon ! Elle allait faire demi-tour quand elle aperçut quelqu'un qui était allongé au sommet d'un rocher. Il avait deux grandes ailes dorées et un gros bidon tout vert et tout rond.

« Eh, toi là-bas ! appela-t-elle. Es-tu une fée-garçon ? Sois chouette, donne-moi donc trois poils de ta tête ! »

Mais hélas, ce n'était pas une fée-garçon. C'était Grovilain, l'abominable dragon !

« Une fée-garçon ? répéta Grovilain en se léchant les babines.

Mmmh, c'est bon.

Malheureusement, j'ai mangé les deux derniers au petit déjeuner. Mais je ne suis pas difficile, j'aime bien aussi les fées-filles ! »

Et il ouvrit la bouche en grand. Fleur-de-Navet s'enfuit à tire-d'aile, mais Grovilain était trop rapide pour elle.

« Fini de rigoler, ma belle ! ricana le dragon en l'attrapant entre ses griffes. Tu ne peux plus m'échapper !

– Pitié ! gémit Fleur-de-Navet.

Je ne suis qu'une pauvre petite fée qui change les gens en fleurs des prés. »

Grovilain éclata de rire.

« Mais c'est un sort de bébé ! » se moqua-t-il.

Fleur-de-Navet enragea. Elle n'était pas un bébé et elle allait le prouver. Elle se tourna vers Grovilain, pointa sa baguette magique et s'écria :

« Par les moustaches du grand moustique ! »

Aussitôt, le dragon rétrécit, ses ailes s'arrondirent… et bientôt, il ne resta plus de Grovilain qu'un bouton-d'or rikiki. Fleur-de-Navet, ravie, mit la fleur entre ses tresses et rentra chez elle en vitesse.

Depuis ce jour, si une fée se moque de son sort de bébé, Fleur-de-Navet fait tourner son bouton-d'or entre ses doigts et répond :

« Souviens-toi du dragon… Si tu m'embêtes, je te transforme en marguerite ! Après tout, je suis encore petite. J'ai bien le temps d'apprendre les tours des grands ! »

Le royaume des Tous-Toqués

Au royaume des Tous-Toqués, les habitants sont un peu étranges. Le roi range tous les objets du palais à l'envers et le cuisinier royal ne veut toucher que des aliments de couleur verte. Le beau chevalier Narcole a, quant à lui, un problème gênant : dès qu'il éprouve une grande joie, il s'écroule en ronflant !

Pour lui éviter toute mauvaise chute, les sujets du royaume ne lui annoncent donc jamais de bonnes nouvelles. À sa rencontre, les gardes grognent :

« Je sens venir une méchante invasion… »

Et à son passage, le poissonnier crie :

« Il est pas frais, mon poisson ! »

Un jour, lors d'une ronde, le chevalier rencontre la princesse Parano. Cette princesse imagine toujours le pire et se prépare à tous les problèmes. Le chevalier tombe si profondément amoureux d'elle qu'il s'endort immédiatement. Lorsque, plus tard, elle lui confie qu'elle l'aime aussi, il s'effondre à nouveau en ronflant. La même chose se produit quand elle accepte sa demande en mariage…

La princesse est paniquée. Elle est sûre que le chevalier ne supportera pas la joie du mariage, et qu'il ne restera pas assez longtemps éveillé pour prononcer le «oui» officiel. Elle fait alors secrètement appel à sa marraine, la fée Ni-Une-Ni-Deux.

Le jour du mariage, la fée transforme la princesse en vieille sorcière, avec un nez crochu et des verrues sur le visage.

Quand il aperçoit sa fiancée, le chevalier est pétrifié. Pourquoi cette affreuse sorcière remplace-t-elle la jolie princesse?

Son envie de fuir le tient parfaitement éveillé,

et il bredouille un «qui...?» tellement décontenancé que tout le monde entend le «oui» attendu!

Une fois dans le palais, la princesse boit une potion qui lui rend son apparence et la plonge dans le sommeil. Fou de joie, le chevalier s'endort instantanément, et ils tombent tous les deux enlacés sur un matelas moelleux, rêvant aux nombreux enfants toqués qu'ils auront...

Le masque de vérité

Au royaume de Kambala, il est temps pour la princesse Fatou de se marier. Les prétendants ne manquent pas, car elle est douce et jolie. Mais la princesse ne sait lequel choisir. Le roi son père, qui est aussi un peu sorcier, lui offre alors un masque sculpté dans le bois.

« Prends ce masque de vérité, lui dit-il. Il te fera voir le cœur des hommes. »

Lorsque le premier prince arrive, Fatou le trouve formidablement beau. Mais quand elle met le masque de vérité, il devient soudain grimaçant et fort laid. Sa beauté l'a rendu fier et méchant.

« Je n'en veux pas pour mari », déclare la princesse à son père.

Les vieilles du village se lamentent : « Il est si beau pourtant. »

Mais Fatou ne veut rien entendre.

Le deuxième prétendant est beau lui aussi mais, surtout, il est immensément riche. Pourtant, à travers le masque de vérité, Fatou le voit vieux et ridé. Son argent a asséché son cœur.

« Je n'en veux pas pour mari », dit-elle.

Les vieilles femmes se récrient : « Il est si riche, quelle folie ! »

Mais Fatou ne change pas d'avis.

Le troisième n'est ni tout à fait beau, ni vraiment laid non plus. Il n'a pas d'argent, même s'il n'est pas pauvre pour autant. Mais son sourire est franc et plaît à Fatou. Et quand elle passe le masque de vérité, elle découvre un homme très beau et très bon. Son cœur ne l'a pas trompée.

« C'est lui que je choisis pour époux », annonce-t-elle à son père.

Les vieilles s'indignent : « Celui-ci n'a rien de bon ! »

Fatou les laisse dire et épouse son prince.

Depuis, les vieilles ont changé d'avis, car jamais princesse ne fut plus heureuse que Fatou au royaume de Kambala.

Les amoureux de la pleine lune

De tous les rois de Bretagne, Gwendal était le plus respecté. On lui enviait ses terres prospères, sa vaillante armée et, surtout, ses filles. Le roi en avait soixante, toutes plus jolies les unes que les autres.

Un jour, soixante valeureux princes arrivèrent dans la région et invitèrent les princesses à un banquet. Mais le roi Gwendal était un père sévère. Il refusa de laisser sortir ses filles et les garda au château.

Les jeunes hommes ne s'avouèrent pas vaincus. Le lendemain, ils renouvelèrent leur invitation. Gwendal ne céda pas davantage mais, la nuit venue, ses trois filles aînées se faufilèrent dehors et se rendirent à la fête. Le lendemain soir, les festivités reprirent et, cette fois-ci, vingt princesses s'échappèrent. Le surlendemain, les soixante dansaient, chacune au bras d'un prince !

Hélas ! Le quatrième jour, le roi Gwendal apprit que ses filles le trompaient. Il entra dans une colère noire et fit chercher son druide.

À la nuit tombée, le druide invoqua les dieux celtes pour jeter un sortilège sur les enfants désobéissants. Aussitôt, les princesses et leurs suivantes qui rejoignaient leur cavalier en courant furent changées en statue. Au même moment, les princes et leurs valets qui les attendaient se pétrifièrent. Ainsi les amoureux se figèrent pour l'éternité, sans avoir eu le temps de se retrouver.

On peut les voir encore aujourd'hui, à Carnac, pierres levées dans les champs.

Et on raconte que les nuits de pleine lune,

les princesses et leurs princes se rejoignent juste le temps d'un baiser.

Picolo
et la ronde des fées

Ce soir, comme tous les soirs, Picolo n'arrive pas à s'endormir. Il gigote dans son lit, les yeux grands ouverts. Sur la table de nuit, Maman a posé un livre de contes de fées. Il y a dedans des histoires extraordinaires…

Picolo attrape le livre, le pose sur ses genoux et commence à tourner les pages. Comme il ne sait pas encore lire, il regarde les images. Il y a là un lutin rigolo qui habite une grande forêt, deux sorcières qui voyagent sur des balais magiques, et un peu plus loin trois fées qui dansent et virevoltent. Leurs robes magnifiques s'envolent et leurs cheveux flottent dans le vent. Dans un coin de la page, une petite fée semble tendre la main à Picolo et lui dire :

« Veux-tu venir danser avec nous ? »

Picolo a tellement envie de faire la fête avec elles ! Il pose sa main sur le livre et hop ! le voilà emporté dans la ronde des fées.

Comme par magie, il se met à sauter et tourner sur la musique entraînante. La plus grande des fées dit alors à Picolo :

« Nous sommes les fées de la danse. Bienvenue parmi nous ! Tu peux rester ici tant que tu voudras. Tu verras, chez nous, on n'arrête pas de s'amuser, de rire et de danser. Mais sache une chose : il y a certains mots qu'il ne faut jamais prononcer ! »

Toujours s'amuser ? Super ! se dit Picolo en sautant de plus belle. L'une des fées le prend alors par la main et l'entraîne en riant. Quel tourbillon ! Pirouette, galipette, c'est à qui sautera le plus haut.

Au bout d'un moment, Picolo a quand même envie de s'arrêter un peu. Il bâille et articule :

« Je suis un peu fa… ti… gué.

J'aimerais me re… po… ser.

– Catastrophe ! s'écrient les fées. Il a prononcé les mots interdits ! »

À l'instant même, la danse ralentit, la musique s'arrête et les fées se figent comme des statues. Sur la page du livre, les robes et les cheveux ne bougent plus. Et Picolo, qui a enfin accepté de se reposer, dort profondément au fond de son lit…

La médaille d'OR

« Je déclare ouverts les deux millièmes Jeux olympiques des sorcières ! » déclare le président du jury.

La plus jeune des concurrentes, Léonie, est morte de trac. Ses adversaires sont nombreuses, elles viennent de tous les pays et leurs pouvoirs sont mondialement réputés.

« C'est qui, cette minus ? » ricanent-elles derrière le dos de Léonie. Mais celle-ci n'écoute pas, elle se concentre pour la première épreuve : la course de balais.

Ça y est, c'est parti, toutes les concurrentes décollent !

« La petite Léonie est en tête, hurle le commentateur. Incroyable !

Quelle technique, quel style ! »

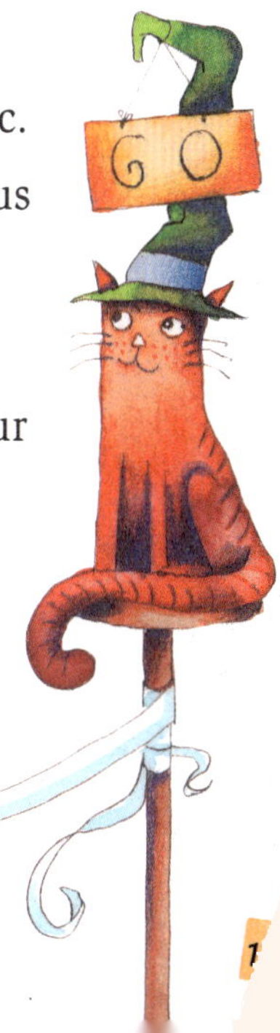

Hélas, sur la dernière ligne droite, l'Espagnole Rita la Pustule la double dans une accélération fulgurante. « Deuxième, ce n'est pas si mal » se dit Léonie qui commence à avoir confiance en elle.

« Mesdames, vous devez maintenant concocter un philtre d'amour que vous testerez sur un spectateur.

À vos marmites ! »

On verse jus de cafard, moustaches de rat, on écrase, on mélange… La potion de Léonie fonctionne si bien qu'un monsieur très timide lui dit un poème en rougissant. Mais un autre se rue sur la Russe Olga la Crochue, pourtant d'une laideur repoussante, pour la couvrir de baisers. Olga remporte l'épreuve, devant Léonie en deuxième position.

« Dernière épreuve : vous devez faire une démonstration spectaculaire de vos pouvoirs ! »

En quelques formules magiques, les spectateurs sont couverts de poils, bavent ou crachent des vipères. Léonie parvient à faire pousser des ailes sur un ogre qui fait le tour du stade en volant. Le jury est impressionné.

Mais Dagmar la Balafre, une sorcière danoise, déclenche une tempête de neige qui couvre le stade d'un merveilleux manteau blanc et lui vaut la victoire. Léonie est très déçue de n'être encore qu'à la deuxième place…

Mais alors qu'elle attend tristement la remise des médailles, un murmure s'élève dans le jury : « Mesdames et messieurs, on nous apprend que les gagnantes des trois épreuves ont triché. Elles sont disqualifiées ! »

On vient en effet de découvrir que le balai de Rita était muni d'un mini-moteur. Dagmar a actionné à distance des canons à neige dissimulés à l'extérieur du stade. Quant à Olga, le soi-disant amoureux était en réalité son complice.

« Il ne faut pas confondre magie et tricherie, commente sévèrement le président du jury.

Les trois médailles d'or reviennent donc à la vraie gagnante des trois épreuves, notre plus jeune sorcière :

Léonie ! »

Le prince Zachary cherche sa princesse

Le prince Zachary habitait sur la planète Kryptallie.

Il était en âge de se marier et se mit en quête de sa princesse.

Il passa donc une annonce sur Internet.

La première princesse qui répondit s'appelait Noélique.

« Je vous invite dans mon château, afin de mieux vous connaître », lui dit le prince Zachary.

Il avait une petite idée derrière la tête : pour être sûr que la jeune fille serait bien celle qu'il espérait, il avait installé un détecteur de caractère à l'entrée de son château de verre.

Quand Noélique entra, une voix métallique déclara aussitôt : « Noélique est insupportable et colérique, elle est aussi têtue qu'une bourrique. »

Noélique tenta de se défendre, mais le prince ne voulut rien entendre. Il l'invita à reprendre illico la navette pour rentrer chez elle.

Le prince fit ensuite la connaissance d'Eléante, mais la voix déclara :

« Eléante est jalouse, capricieuse et méchante. »

Eléante essaya aussi de se défendre, mais le prince l'invita poliment à rentrer chez ses parents.

Le prince continua à recevoir chez lui toutes les princesses de la planète.

Il commençait à désespérer : « Je n'ai toujours pas trouvé ma princesse. »

C'est alors qu'il aperçut Ysal, la jolie petite bergère, avec son troupeau. Elle emmenait paître ses gloupibulles près du château.

Comme elle passait devant l'entrée, la voix assura : « Ysal est douce et agréable, elle est parfaite et adorable. »

Le prince sourit : « J'ai cherché bien loin un trésor qui était juste sous mon nez ! »

Et il demanda aussitôt à la petite bergère si elle voulait bien être sa princesse.

Dès le lendemain, on annonça leur mariage par Internet sur toute la planète.

La fée Arc-en-ciel

Le royaume de l'Arc-en-ciel nageait dans le bonheur depuis l'arrivée d'une fée incroyable. Zoé ne ressemblait ni à la fée Clochette ni à la fée de Pinocchio. Elle n'avait ni baguette étoilée ni formule magique à prononcer et ne préparait jamais d'élixir fantastique.

En revanche, Zoé pouvait changer d'apparence et rendre service à tous les gens du royaume. Un jour, elle était un cheval et aidait le paysan à labourer son champ, le lendemain, elle brillait au cou de la reine, transformée en collier de diamants. Certains l'avaient vue prendre l'apparence d'un toboggan géant pour amuser les enfants, d'autres avaient juré l'avoir vue, les jours de pluie, prendre la forme d'un parapluie !

Zoé changeait de forme mais jamais de couleur : qu'elle soit bijou, fleur ou ruisseau, elle gardait sa couleur arc-en-ciel, du rouge vif au bleu indigo.

Grâce à ses couleurs flamboyantes, Petit Dom la repéra vite au milieu du ciel : elle avait pris la forme d'un cerf-volant et ondulait sous le vent.

Perdu dans la forêt, le petit garçon fut heureux de la voir et la suivit. Zoé guidant ses pas, il fut bientôt chez lui. Petit Dom remerciait le cerf-volant quand il le vit se transformer sous son nez : des ailes lui poussaient de chaque côté tandis qu'un bec et des serres apparaissaient à chaque extrémité ! Zoé était devenue un oiseau et, en un battement d'ailes, avait rejoint l'horizon.

Ce soir-là, Petit Dom ne parvint pas à dormir. Il pensait à la fée et se demandait quelle était sa véritable apparence. C'est alors qu'il vit briller dans la nuit une étoile filante. Il reconnut immédiatement la fée, car la traînée de poussière dessinait un bel arc-en-ciel. Il comprit alors que Zoé était une étoile, la bonne étoile qui veillait sur lui et sur tous les habitants du royaume de l'Arc-en-ciel.

CRAPAUD CHERCHE PRINCESSE

On a coutume de dire que lorsqu'une princesse embrasse un crapaud il se transforme en prince charmant. Eh bien, ce n'est pas toujours le cas, figurez-vous.

Parfois, les bisous, ça ne marche pas du tout

Il était donc une fois deux ravissantes princesses, qui vivaient dans un château très, très réussi, lui aussi. Elles étaient sœurs, elles s'aimaient beaucoup, mais ne se ressemblaient pas du tout ! L'aînée avait de longs cheveux blonds,

bouclés comme la laine des moutons ; la cadette, de longs cheveux noirs, raides comme des piquants de hérisson.
Un jour, alors que l'aînée se promenait dans le jardin du château, elle entendit un cri :

« CÔA CÔA
venez me délivrer, côa, s'il vous plaît, côa ! »

La princesse s'approcha.
Un crapaud coassait dans l'herbe.
« Cher crapaud, pourquoi pleurez-vous ainsi ?
Que puis-je faire pour vous aider ? » demanda la princesse.

« Côa,
embrassez-moi,
et de mon sortilège
je serai délivré.

— Vous embrasser ?
Mais c'est impossible, je ne pourrais m'y résoudre !

Vous êtes petit et contrefait, et en plus, vous sentez la larve de mouche.

— Côa, faites un petit effort ! Sous mes vilaines apparences, côa, je suis un prince très charmant, très beau et très, très riche, côa, côa.

— Un prince charmant, mon œil ! C'est des histoires de conte de fées, cela. Moi, je n'y crois pas !

— Mais enfin, princesse, côa, nous vivrons heureux et nous aurons beaucoup d'enfants !

— Passer ma vie à élever des têtards, non merci ! »

Et la princesse tourna les talons. Le crapaud se gratta le crâne :

une princesse qui refuse d'embrasser un crapaud on n'avait jamais vu ça !

Le lendemain, la princesse blonde décida d'emmener sa brune sœur avec elle, au cas où le crapaud l'aborderait à nouveau. Bientôt, elles entendirent :

« Princesses, côa, venez ici ! »

Elles s'approchèrent. Le crapaud était là ! Sitôt qu'elles furent à son côté, il coassa d'un ton impérieux :
« Maintenant, côa, ça suffit ! Je suis votre prince, côa, et je vous ordonne de m'embrasser. Obéissez, côa côa !
— Sachez, vulgaire bestiole, que je n'obéis pas aux ordres des crapauds ! » dit l'aînée.
« Et d'ailleurs, personne ne nous parle de cette façon-là ! renchérit la cadette.
Fi donc, palsambleu, tudieu, mordieu, adieu ! »

Le lendemain du lendemain, le crapaud décida de se montrer plus malin. Quand elles reparurent, il dit d'un ton mielleux : « Princesses, côa, je crois, côa, que nous sommes partis sur de mauvaises bases, vous et moi.

Écoutez, côa ! Je suis sûr que vous êtes très curieuses, côa, toutes deux, en plus d'être très belles et très intelligentes, côa.

Ça ne vous tenterait pas d'essayer la magie ? »

La princesse aux frisottis de mouton avait toujours rêvé de faire un tour de magie. Et comme elle ne voulait pas que sa sœur lui grille la politesse, elle se lança : « Je suis l'aînée, c'est à moi de commencer.
Allons-y, crapaud ! » Elle ferma les yeux, prit sa respiration,
se boucha le nez et… elle embrassa l'animal.

Mais rien ne se passa !

Le crapaud était toujours horriblement crapaud !

« Saperlicôapette, ça ne marche pas ! »

La jeune fille aux cheveux de hérisson s'approcha alors, la bouche en cœur : « À moi d'essayer ! Je suis peut-être la cadette, mais question baiser magique, je ne crains personne ! » Vlllouf, sitôt qu'elle eut déposé son baiser, un prince charmant aux cheveux bruns et raides apparut. Il se jeta aux pieds de la jeune princesse et lui demanda sa main d'une voix certes tremblante, mais sans un coassement.

Moralité :

il ne suffit pas d'être princesse pour trouver un crapaud à son goût. Il faut encore être la bonne princesse pour le bon crapaud !

Le pêcheur et l'ondine

Il était une fois un pêcheur qui pêchait des huîtres perlières. Un matin, comme d'habitude, il rapporta chez lui sa récolte et ouvrit la première coquille. Surprise ! À la place de la perle se trouvait une femme si petite qu'on aurait dit une miniature.

Sa beauté éblouit le pêcheur qui sentit son cœur chavirer.

La minuscule créature lui dit : « Merci de me délivrer. Je suis une ondine. J'ai été enfermée dans cette huître par une fée qui me déteste. »

À ces mots, le pêcheur frémit. Il connaissait la réputation des ondines. Malgré leur beauté parfaite, ce sont les pires sorcières qui vivent dans les eaux. Leur cœur est dur, leur cruauté est sans pareille. Malheur aux hommes qui en tombent amoureux ! Elles les entraînent au fond des flots et ils disparaissent à jamais…

L'ondine poursuivit d'une voix envoûtante : « Viens avec moi. Je te montrerai mon royaume de corail. Tu verras des fonds sous-marins tapissés d'anémones multicolores… »

Clac !

Le pêcheur referma l'huître et l'ondine fut réduite au silence. Mais il avait le cœur brisé de perdre ainsi la femme de sa vie.
Il eut alors une idée simple et géniale : il plongea l'huître dans un bain d'eau douce, en espérant que la douceur de l'eau allait déteindre sur l'ondine.
Il se passa alors un phénomène curieux. Pendant une heure, l'eau du bain se déchaîna. Il y avait des vagues monstrueuses, des tourbillons, de l'écume, des mugissements. Penché sur la baignoire, le pêcheur recevait au visage des embruns rageurs.

C'était la méchanceté de l'ondine qui jaillissait hors de l'huître !

Lorsque la tempête se calma, le pêcheur retira l'huître du bain et l'ouvrit avec précaution. L'ondine souriait, détendue, paisible, et dans ses yeux brillait une douceur infinie. Le cœur battant, le pêcheur l'aida à s'extraire de la coquille. Elle retrouva aussitôt une taille normale : délivrée de la méchanceté qui l'empêchait de grandir, elle venait de s'épanouir sous l'effet de la gentillesse…

Le pêcheur et son ondine se marièrent et furent heureux ensemble toute leur vie.

Paolo et la Befana

Ce soir, en Italie, une vieille femme traversera le ciel sur son balai. Ce n'est pas une sorcière, c'est la Befana ! La nuit de l'Épiphanie, elle apporte des bonbons aux enfants sages et un morceau de charbon aux polissons.

Paolo et Tina accrochent leurs chaussettes à la cheminée.

La fillette fanfaronne :

« Moi, j'aurai plein de bonbons. »

Puis elle se moque de son frère : « Et toi, tu n'auras que du charbon ! »

Paolo, en colère, shoote dans un ballon qui atterrit sur la maison de poupées.

Tina se met à crier :

« Mamma !
Mamma ! »

Comme d'habitude, maman accourt et gronde Paolo. Et c'est toujours le même refrain : « Paolo est vilain et Tina est un petit ange ! »

La Befana pense certainement la même chose. Et Paolo n'aura qu'un morceau de charbon. À moins que…

Paolo glisse une paire de ciseaux dans sa poche et file vers la forêt.

Il arrive dans une clairière où se dresse une vieille chaumière. C'est là qu'habite la Befana. Le garçon fait le tour de la maison. Voilà le sac de charbon qu'il cherchait. Il prend ses ciseaux et clac, il fait un trou au fond du sac.

Mais voilà la Befana ! La pauvre femme est courbée sous le poids d'un fagot de bois.

« Peux-tu m'aider ? » demande-t-elle.

Paolo prend le fagot sur son dos.

La vieille femme l'interroge :

« As-tu été sage cette année ? »

Le garçon rougit et n'ose pas répondre. Il pense au trou dans le sac…

« Et Tina a-t-elle été sage ? »

Paolo fait la moue.

« Maman dit que ma petite sœur est toujours sage.

– Ta maman ne sait pas que son petit ange fait de mauvais coups derrière son dos. Et c'est toi qui te fais gronder. »

Paolo demande, étonné : « Comment le savez-vous ? »

La vieille femme ne répond pas à la question, mais elle murmure :

« Cette nuit, je crois qu'un morceau de charbon tombera dans la chaussette de Tina. »

Et elle ajoute avec un clin d'œil : « Grâce au trou au fond du sac ! »

La princesse qui sentait le putois

Les princesses, vous le savez bien, portent de belles robes et des bijoux précieux, jouent au croquet, cueillent des fleurs, chantonnent gaiement et dorment dans des lits à baldaquin.
Mais la princesse de notre histoire n'était pas une princesse comme les autres. Ce qu'elle aimait, ce qu'elle adorait, c'était s'occuper des animaux.
Accroché à sa belle robe, il y avait toujours son chat Poupouf.
Courant autour du croquet, on trouvait souvent son chien Bouboule.
Sa vache Noiraude cueillait les fleurs avec elle et sa pie Eugénie chantait du yé-yé, quand la princesse lui prêtait ses colliers.
Et dans le lit à baldaquin ? Eh bien, c'est là que dormait son putois Zéphyrin.
Ses parents étaient désespérés.« Comment veux-tu faire pour trouver un mari ? Tu es sale et crottée, tu sens la paille et le fumier !
Et puis, un fils de roi ne voudra jamais d'un putois ? ! » disait le roi.

« Les princes n'aiment pas le crottin !
Ils préfèrent la rose et le jasmin !

Et en plus, Zéphyrin embaume tout le baldaquin ! » ajoutait la reine.

« Je n'ai pas besoin de mari !

J'ai ma vache, mon chien, mon chat, mon putois et ma pie ! » répondait la princesse.

Une nuit, elle fut réveillée par des cris plaintifs. C'était Bouboule qui geignait. La princesse eut très peur : c'était peut-être la grippe aviaire. Vite, vite, elle consulta l'annuaire. Vite, vite, elle appela le vétérinaire. Quelques minutes plus tard, le vétérinaire arriva. Il sentait bon la paille chaude, l'avoine et le crottin. Aussitôt, le chat vint se frotter sur ses jambes. La princesse fut troublée. Son chien Bouboule semblait aller mieux, rien qu'à voir cet homme ! Même la pie Eugénie semblait ravie.

Le vétérinaire leva le nez… « Hum hum, ça sent le putois dans cette chambre… Se peut-il que l'un d'entre eux dorme ici ?

— Oui, sous mon baldaquin, il y a mon ami Zéphyrin…

— Une princesse qui aime les putois ! Mais c'est bien trop beau pour un roi ! »

Car le vétérinaire adorait tous les animaux, mais le putois était son préféré.

« Princesse, je vous aime ! »
dit-il dans un souffle.

« Moi aussi je vous aime »,
répondit la princesse.

À ce moment précis, le roi entra dans la chambre de la princesse.

Et bien sûr, il surprit sa fille dans les bras du vétérinaire.

Quel crime de lèse-majesté !

« Jeune homme, je vais vous faire couper la tête ! » hurla-t-il.

Et il appela le bourreau, en lui disant de venir tout de suite avec sa hache.

Mais la princesse s'était jetée aux pieds de son père.

« Non, papa, calme-toi, je t'en prie.

Cet homme veut se marier avec moi…

— Justement, il mourra !

— Mais je l'aime, il est beau, il sent bon…

— Il mourra !

— Et en plus, il aime les putois ! »

À ces mots, le roi se troubla.

Quand on tombe sur un homme qui aime les putois, il faut y réfléchir à deux fois !

« Bon, bon… C'est évidemment l'homme qu'il te faut. Tant pis s'il n'est pas noble. Épouse-le sur-le-champ. Mais à une condition… »

Les deux amoureux le regardaient, éperdus.

« Qu'on emmène pour de bon ce maudit putois hors de mon toit ! »

Alors, les deux amoureux s'épousèrent, puis partirent tous deux à cheval. Tous deux ? Oui, enfin, pas tout à fait… Derrière eux, il y avait un chat, un chien, une vache, un oiseau… et un putois malodorant, évidemment !

La métamorphose de Loreleï

Figurez-vous une très jolie jeune fille qui chantait à merveille. Elle habitait dans la forêt, au milieu des sapins. Elle avait l'habitude de sortir au coucher du soleil et de marcher jusqu'au sommet d'une falaise d'où elle apercevait le fleuve où naviguaient de nombreux bateaux.

Elle s'asseyait et prenait sa guitare pour accompagner son chant qui se répétait en écho tout au long de la vallée. Très souvent, les marins étonnés par cette agréable musique se laissaient bercer par la voix mélodieuse et, du coup, ne faisaient plus attention aux dangereux rochers.

Alors le drame arrivait : leur bateau heurtait une grosse pierre et coulait dans les tourbillons du fleuve.

En réalité, sous ses aspects si doux, cette jeune fille n'était qu'une horrible sorcière qui cherchait à perdre les marins. Elle avait un cœur très méchant et ne répondait jamais quand les marins appelaient au secours.

Un jour, à la sortie de la forêt, elle croisa un beau chevalier monté sur un cheval blanc. Elle fut émerveillée par sa beauté. Elle pensait qu'il s'arrêterait pour lui parler, mais non, il continua son chemin. Le lendemain, elle le vit de nouveau, mais il ne s'arrêta pas.

Elle prit l'habitude de l'attendre pour simplement le voir passer le soir… et ceci pendant des jours et des jours, si bien qu'elle ne montait plus au sommet de la falaise et ne chantait plus. Les marins n'entendaient plus son chant et passaient sans danger au milieu du fleuve.

Enfin, le chevalier se décida à lui parler :
« Si ton cœur change, si tu es décidée à ne plus faire de mal avec ta voix enchantée et trompeuse, je t'emmènerai au royaume du bonheur.

Ton cœur de sorcière deviendra un cœur de fée ! »

Loreleï n'hésita pas : elle décida de devenir bonne et bienveillante. Elle enfourcha le cheval et partit avec le chevalier, le cœur amoureux.

Jeanne et le prince menteur

La princesse Jeanne attend impatiemment son fiancé, le prince Gabriel, fils du roi voisin. Leur mariage doit assurer la paix entre les deux royaumes. Sans cesse, elle contemple le portrait de Gabriel : qu'il est beau !

Et ses lettres sont pleines de poésie et de douceur. Il lui a même offert un adorable lévrier qui ne la quitte pas.
Enfin, on annonce l'arrivée du prince… À la fenêtre du donjon, Jeanne a le cœur en fête. Mais soudain, elle frémit : l'homme qui entre dans la cour, vêtu de noir, est entouré de soldats redoutables et de chiens féroces. Sa voix est dure et son regard mauvais.

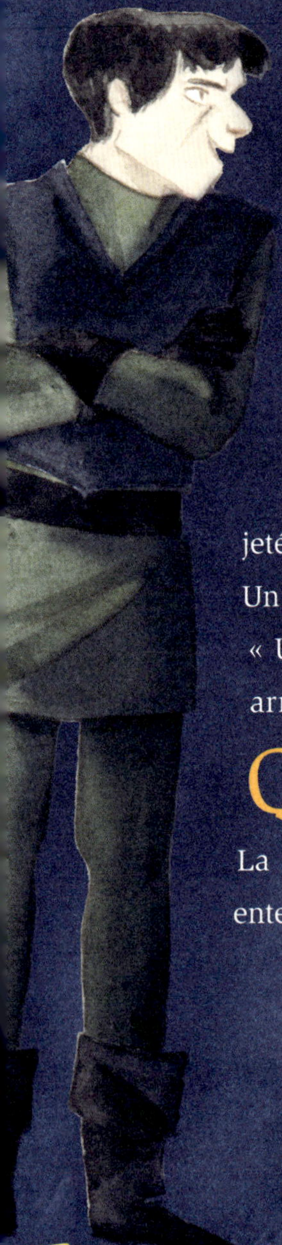

L'effroi s'abat sur la foule venue l'accueillir. Même le lévrier semble effrayé par son maître.

« Il ressemble au portrait, mais ses manières sont brutales et ses yeux cruels, sanglote la princesse auprès de son père.

Je ne veux pas l'épouser !

– C'est trop tard, se désole le roi. Si nous refusons, nous risquons la guerre ! »

La princesse tente alors de gagner du temps :

« Je dois finir de broder mon voile » dit-elle à Gabriel qui veut hâter le mariage.

Les colères du prince sont épouvantables : pour une maladresse ou un plat trop cuit, il envoie au cachot serviteurs et cuisiniers. Certains sont jetés dans les douves. Le château vit dans la peur.

Un jour, Jeanne entend Gabriel promettre à ses hommes :

« Une fois marié, je chasserai ce vieux roi, je lèverai des armées et j'envahirai nos voisins pour bâtir un empire ! »

Que faire ?

La princesse a beau avertir son père, il ne veut rien entendre.

Et le jour du mariage arrive malheureusement…

Désespérée, Jeanne avance vers son futur mari quand, soudain, une voix s'élève :

« Je suis le vrai prince Gabriel ! clame un jeune homme vêtu comme un mendiant. Voici mon frère cadet, Robert le Traître, chassé par mon père pour trahison. Il m'a tendu une embuscade dans la forêt, volé mes habits et mon cheval pour venir épouser la princesse Jeanne à ma place. J'ai erré longtemps dans la forêt à pied et en guenilles, et me voici !

– Mensonge ! »

hurle Robert en dégainant son épée.

Le roi hésite. La foule se tait.

Le lévrier bondit alors sur le nouveau venu et le lèche au visage en poussant des jappements joyeux.

« C'est bien lui !
Son chien l'a reconnu ! »

s'écrie la princesse.

Quand les cloches tintent à toute volée pour le mariage de la princesse Jeanne et du vrai prince Gabriel, Robert le Traître est déjà loin…

Bal masqué au château

Un soir, le roi accueillit des invités pour un grand bal masqué. Les carrosses s'alignaient dans la cour illuminée. De merveilleuses princesses en descendaient, escortées par des princes richement déguisés.

Attiré par la musique, le brigand Garlaban rôdait autour du château. Soudain, il vit une porte ouverte : c'était l'entrée des cuisines.

« Ça sent bon par ici ! »

fit-il. Et il entra.

Dans la cheminée rôtissait un bœuf entier, et sur les tables étaient préparées mille gourmandises. Le brigand y fourra aussitôt le nez et les doigts !

Des serviteurs arrivèrent à ce moment-là, mais ils crurent que Garlaban était un prince déguisé en brigand.

« Auriez-vous la bonté de laisser un peu à manger pour les autres invités ? » dirent-ils timidement.

Garlaban éclata de rire. Leur erreur venait de lui donner une idée ! Il alla aussitôt au bal, où il commença à valser. Ses cavalières ne se méfiaient pas de lui, et s'exclamaient :

« Comme vous êtes bien déguisé ! On dirait un vrai brigand !

– J'ai toujours été très doué pour me costumer » répondait Garlaban.

Et pendant ce temps, il détachait leurs bijoux pour les fourrer dans ses poches… Au milieu de la soirée, une princesse s'aperçut qu'elle n'avait plus rien autour du cou.

« Mon collier ! » cria-t-elle.

Les autres dames qui s'étaient fait voler se mirent à crier aussi, et les gardes se précipitèrent dans la salle. Mais comment retrouver un voleur parmi une foule de masques ? Ils fouillèrent les poches de tous les princes, sauf celles de Garlaban. Ils pensaient bien évidemment qu'un vrai brigand ne serait jamais venu à la fête déguisé en brigand !

Garlaban en oublia d'être prudent, et décida qu'il pouvait encore voler quelques bijoux. Seulement, ses poches étaient pleines : il lui fallait une autre cachette.

« Mon fourreau ! » se dit-il.

Il déposa son épée dans un coin pour avoir un fourreau vide, et invita une nouvelle princesse à danser. Au milieu de la valse, sa cavalière demanda :

« Croyez-vous que les gardes vont retrouver ce coquin de voleur ?

– Sûrement ! »

répondit Garlaban d'un air concentré, car il était occupé à lui prendre son collier.

Soudain, la princesse entendit :

« Gling
gling
glong ! »

Un bijou qui dégringole au fond d'un fourreau fait plus de bruit que dans une poche, Garlaban n'y avait pas pensé ! C'est ainsi qu'on démasqua le voleur, qui ne put même pas se défendre, car il n'avait plus son épée.

Philomène rêve de dormir

Chaque soir, quand le soleil se couche, les sorcières sortent de leurs tanières. Elles sont bien reposées, car elles ont dormi toute la journée ! Elles enfourchent leur balai et s'élancent dans la nuit.

Toutes font cela, mais il en est une à qui cela ne plaît plus.

Philomène est une vieille sorcière toute bossue, toute tordue. Chaque fois qu'elle grimpe sur son balai, elle manque de dégringoler.

« J'ai passé l'âge de faire des acrobaties », bougonne-t-elle en massant ses rhumatismes.

Tandis que les sorcières s'amusent toute la nuit, Philomène rêve de retourner dans son lit.

« J'ai passé l'âge de me lever la nuit », marmonne-t-elle en bâillant. Un jour, ou plutôt une nuit, Philomène rouspète tant et tant sur son balai qu'elle finit par en tomber. Elle tombe à toute allure lorsqu'un vent froid la rattrape juste à temps.

« Vous avez eu chaud ! lui dit le vent.

– Chaud ? Il faut le dire vite, râle la sorcière. Vous êtes glacé ! Où allez-vous ainsi ?

– Au pôle Nord ! répond le vent.

– Au pôle Nord ? C'est où ça ?

– Au nord, pardi. C'est un endroit où le soleil ne se couche jamais en été.

– Il y fait jour tout le temps ? demande Philomène, très intéressée.

– En été, oui. Ensuite, en hiver, c'est la nuit. Je file alors au pôle Sud où le jour vient de se réveiller.

– Je vous suis ! » dit Philomène sans hésiter.

Depuis ce jour, la sorcière Philomène voyage avec le vent glacé. En été, elle file au pôle Nord où elle dort toute la journée. La nuit ne se levant jamais, elle n'a plus besoin de travailler. L'hiver, elle part pour le sud. Là-bas, elle dort encore tout son saoul pour une retraite bien méritée !

LA PRINCESSE QUI AIMAIT LES DRAGONS

Il était une fois la princesse Framboise, qui avait un vrai problème. Elle aimait les dragons. En leur compagnie, elle se sentait heureuse, rassurée. Tandis qu'avec des chevaliers elle s'ennuyait. Surtout avec le chevalier Citron, son prétendant. Mais chaque fois qu'elle rejoignait un dragon pour passer un peu de temps avec lui, Citron, n'écoutant que son courage, venait systématiquement la délivrer.

Et chaque fois, il faisait fuir le dragon au passage.

La première fois que le chevalier la ramena saine et sauve, Framboise dit à son père le roi : « Je ne veux pas épouser ce Citron. Je préfère les dragons. Ils ont de beaux yeux jaunes très expressifs, des écailles luisantes et des ailes si jolies qu'ils me font rêver… »
La deuxième fois qu'elle fut délivrée, Framboise déclara :

« Je ne veux vraiment pas épouser ce Citron.

Il passe son temps à guerroyer, alors que je préfère le bonheur du foyer. Un dragon, lui, entretiendra le feu pour la soupe et son haleine enflammée allumera mon fer à friser pour me faire de belles boucles. »
La troisième fois, Framboise répéta : « Pas question de me marier avec ce chevalier Citron. Il ne rêve que de chevauchées entre hommes d'armes, alors que mes beaux dragons m'emmènent voler au-dessus du royaume, sur leurs ailes enchantées. »
Citron en avait un peu assez : chaque fois qu'il croyait pouvoir se fiancer, la princesse se faisait kidnapper ! Mais il continuait, vaille que vaille, à la sauver.
Finalement, à force de rapts et de délivrances, il ne resta plus dans tout le royaume qu'un seul dragon. Un beau dragon tout noir avec de grands yeux jaunes très, très expressifs, des écailles vraiment formidables et des ailes enchantées.

Lorsque Framboise croisa le regard de braise du dragon, elle sut immédiatement que ce monstre était le dragon de sa vie. Au bout de quelques jours, inquiet de ne pas la voir, le chevalier Citron surprit la princesse et le dragon dans les jardins du château où ils cachaient leur amour. Dissimulé derrière un buisson, il entendit leur conversation :

« Oh! mon dragonnet chéri, que la vie est agréable à l'ombre de tes ailes protectrices !

— Oh! mon petit beignet à la framboise que les jours sont doux à ton contact sucré ! »

Ces deux-là roucoulaient comme deux tourterelles. Le chevalier Citron, bouleversé, comprit que cet amour était fort et dur comme de la peau de dragon et qu'il était vain de le combattre. Il sortit de sa cachette et dit :

« Ma douce Framboise, mon cœur est brisé.

Je vais m'enfermer dans mon donjon à jamais. » Mais Framboise avait bon cœur et souhaitait le bonheur de Citron. Elle envoya sa petite sœur Myrtille dans le donjon, pour apporter un bon thé chaud au chevalier. Au premier regard, le héros et la jeune fille tombèrent follement amoureux. Et ils se marièrent quelques jours plus tard.

Framboise et le dragon noir furent invités à la noce, bien sûr.

Ce fut une belle fête : saucisses barbecue au chalumeau dragon, fondue savoyarde au réchaud dragon… Framboise et son bel ami leur offrirent même, pour finir, un petit voyage de noces dans les nuages, sur les ailes enchantées.

Et même le chevalier Citron se félicita d'avoir un beau-frère si serviable, en toutes circonstances.

La sorcière Croquignolle

Dans une sombre forêt, chaque jour, la méchante sorcière Croquignolle jouait un vilain tour aux animaux.

« Hé, hé, hé ! Quelle mauvaise farce vais-je leur faire aujourd'hui ? Transformer les noisettes des écureuils en petits cailloux ? Non, je l'ai déjà fait hier. Boucher les terriers des lapins ? Non, je le ferai demain. Hé, hé, hé, ça y est, je sais. Je vais voler quelques œufs d'oiseaux ! »

La sorcière sortit de sa cabane en ricanant… et s'étonna du silence qui régnait dans la forêt. Elle n'entendit aucun lapin détaler dans les fourrés, aucun écureuil se sauver dans les arbres, pas le moindre oiseau chanter pour prévenir les autres de son arrivée.

Rien, pas un bruit.

Croquignolle haussa les épaules et s'enfonça dans la forêt.

Au bout d'un moment, elle s'arrêta, inquiète. Non seulement la forêt était silencieuse, mais elle était vide aussi !

Quand la nuit tomba, Croquignolle n'avait ni entendu ni vu aucun animal de la forêt.

« Quel est ce mystère ? grogna la sorcière. Où sont passées toutes ces sales bêtes ? »

Elle se mit au lit, furieuse.

« Ces sales bêtes me jouent un tour, c'est sûr ! » dit-elle avant de s'endormir.

Soudain, un bruit étrange la réveilla. Elle s'assit dans son lit, regarda autour d'elle et poussa un cri. Au clair de la lune, une forme sombre et mystérieuse s'agitait sur le seuil de sa porte ouverte : c'était un monstre bossu, poilu, à huit bras, six pattes et dix têtes ! Quelle horreur !

Croquignolle se recroquevilla sur son lit. Elle tremblait de tous ses membres.

Elle cria : « Ne me faites pas de mal ! »

Le monstre se mit alors à rire. Trois lapins, un écureuil et quatre oiseaux sautèrent de son épaule et le monstre ne garda qu'une tête et deux bras ; une biche descendit de son dos et le monstre perdit quatre pattes. Il ne restait plus que l'ours Gaspard.

« À ton tour d'être attrapée, méchante sorcière !

Cela t'apprendra à nous jouer de vilains tours ! » s'exclamèrent en chœur l'ours Gaspard et ses amis avant de s'en aller.

Et c'est ainsi que Croquignolle, toute honteuse, n'embêta plus jamais les animaux de la forêt.

Les 8 princesses du royaume des bouches fleuries

Il était une fois un royaume enchanté, où les rois étaient majestueux, les épinards bons, les reines sublimes, les jardins sans mauvaises herbes, les choux à la crème, les hérissons sans piquants, et surtout, surtout, les sourires étincelants.

Tous les sujets étaient pourvus d'une dentition impeccable qui rayonnait à mille lieues à la ronde.

On ne connaissait pas les caries au royaume des bouches fleuries.

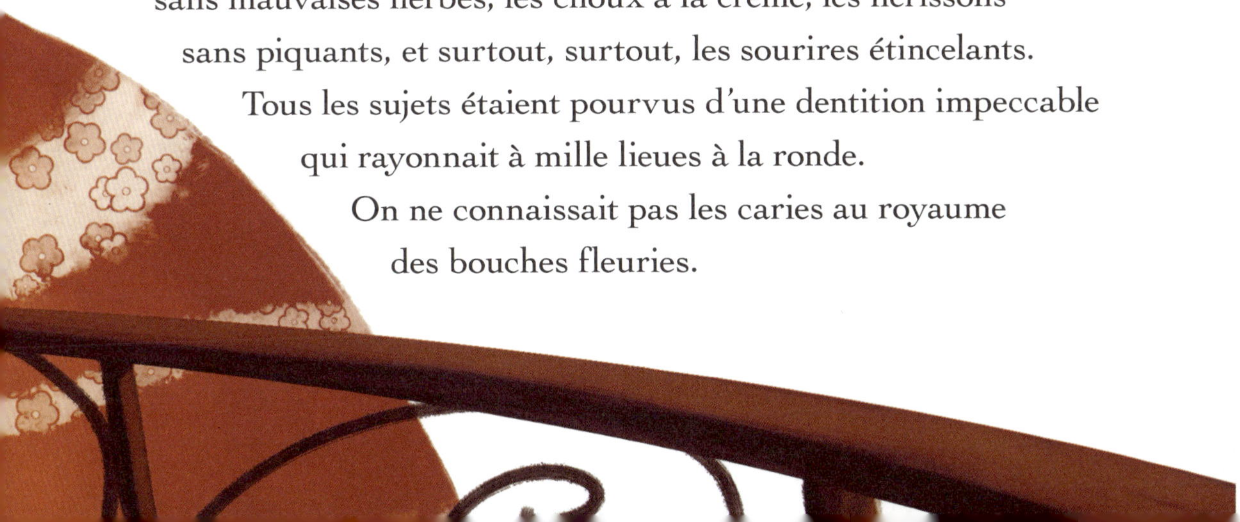

Or le prince Émailblanc, le plus jeune et le plus beau prince du royaume des bouches fleuries, dont les dents étaient trente-deux merveilles, arriva en âge de se marier. Son père, le roi Souriraveuglant, qui autrefois avait su vaincre une armée de sauvages en les éblouissant de ses dents blanchissimes, et sa mère, la reine Detoutessesdents, qui avait eu autrefois à ses pieds tous les chevaliers du royaume grâce à son sourire éclatant, décidèrent d'organiser une grande réception pour connaître toutes les jeunes princesses à la dentition parfaite, dignes d'être épousées.

Pour l'occasion, le prince Émailblanc astiqua ses quenottes encore plus que d'habitude : il les brossa pendant un quart d'heure, au savon, au citron, au Décapon, les fit briller en les frottant une à une au chiffon, même celles du fond. Son sourire ressemblait à un palais des glaces.

On se mirait dedans !

Et c'est ainsi qu'il descendit de ses appartements, tout souriant, pour rencontrer celle qui pourrait devenir sa femme.
Son père et sa mère l'attendaient, perchés sur leur trône.
Leurs sourires éclairaient la salle tout entière, pas besoin de lumières.

Une première princesse s'avança.

Elle était mignonne et toute menue.

Elle sourit timidement :

— Bonjour, je suis la princesse Petiteratiche. Mes dents sont de lait, petites et dentelées. Elles ne sont pas encore tombées.

— Comme c'est mignon, s'écria le prince Émailblanc. Et touchant ! Elle a ses dents d'enfant ! Je l'épouse sur-le-champ.

— Houlà ! tempéra le roi Souriraveuglant. Pensez au moment où elle perdra ses dents, et peut-être toutes en même temps ! Quel triste spectacle pour la cour et pour les sujets du royaume des bouches fleuries ! Mon fils, je vous déconseille cette princesse Petiteratiche. Trouvons quelqu'un d'un peu plus mature.

Suivante !

Une deuxième princesse s'avança.

Elle était belle, ses cheveux blonds étaient longs jusqu'aux reins, sa robe était rose comme une rose rose. Mais on s'en moquait ; ce qu'on voulait voir, c'étaient ses dents !

Deux d'entre elles dépassaient sur le devant.

— Bonjour, je suis la princesse Odenlongues. Mes dents sont grandes et hautes, elles peuvent même rayer le parquet, si vous me le demandez.

Et sans attendre de réponse, la princesse Odenlongues planta ses dents dans le sol de la salle du trône et y fit deux longues entailles impressionnantes. La cour fit des « Oh » et des « Ah » d'admiration.

— Chouette, s'écria le prince Émailblanc, visiblement très séduit. Une princesse aux grandes dents, c'est épatant.

— Houlà ! freina le roi. Si j'étais vous, je me méfierais. Car les princesses aux dents longues finissent toujours par vouloir prendre la place du roi, et ce serait mauvais pour vous.

— Et puis elle ressemble un peu à un **morse**, vous ne trouvez pas ?

glissa la reine Detoutessesdents à son fils chéri. Celui-ci dut convenir que sa mère avait raison.

Le prince Émailblanc fit alors signe à une troisième princesse, qui s'avança. Elle était très belle, ses cheveux blonds étaient longs jusqu'aux genoux, sa robe était rose comme un bonbon rose. Oui, mais ses quenottes ?
— Bonjour, je suis la princesse Quarantedents. J'ai huit dents de plus que tout le monde, quatre en haut et quatre en bas. Je déchiquette, broie, mastique plus vite que n'importe qui !

— Waouh ! s'écria le prince Émailblanc. Quarante dents ! C'est un record ! Princesse, je vous adore !

— Houlà ! avertit le roi Souriraveuglant. Cette princesse a plus de dents que vous. Elle va vous faire de l'ombre. Or il n'est pas bon qu'une épouse vole la vedette à son mari. C'est le début de l'anarchie. Choisissez une autre candidate, je vous le conseille, mon cher fils.

Le prince, une fois encore, se plia aux conseils de son père.

Une quatrième princesse s'avança donc. Elle était très très belle, ses cheveux blonds étaient longs jusqu'aux mollets, sa robe était rose comme un film à l'eau de rose.
Et ses dents ? vous demandez-vous.
Quand elle les montra en faisant :

« Rouahhhh »

l'assistance, effrayée, recula d'un pas.
Le roi et la reine agrippèrent leurs augustes trônes.
— Elle me fait peur, glissa la reine Detoutessesdents à son royal époux en frissonnant.
— Je dois vous avouer que je ne suis pas moi-même très rassuré, reconnut le roi Souriraveuglant.
— Bonjour, je suis la princesse Cerbère. Quand je montre les dents, les armées reculent, les soldats s'enfuient, les enfants pleurent, les femmes s'arrachent les cheveux.

— Quelle arme ! s'écria le prince Émailblanc.
Avec vous, le royaume des bouches fleuries sera une citadelle imprenable. Nos ennemis nous craindront tant qu'ils n'oseront plus nous attaquer. Vive la mariée !
— Mon fils, point trop de précipitation ! La princesse Cerbère effraiera nos rivaux, certes, mais nous aussi.
Et avoir peur de sa femme, ce n'est jamais une bonne chose.
Examinons la candidate suivante.

Le prince Émailblanc, qui trouvait qu'il n'avait pas son mot à dire et commençait à s'en irriter, vit une cinquième princesse s'avancer. Elle était très très très belle, ses cheveux blonds et longs allaient jusqu'à ses pieds, sa robe était rose comme la peau d'un cochon propre.

— Elle est magnifique, murmura le jeune prince.

— Du calme, nuança son père. Nous n'avons pas vu ses dents !

Entendant ces mots, la cinquième princesse se fendit d'un large sourire :

— Bonjour, je suis la princesse Aladentdure.
Mes quenottes sont indestructibles : rien ne les casse, rien ne les brise, rien ne les raye.
Regardez, je peux m'en servir pour faire ce que je veux.

Et la jolie princesse attrapa sans plus de façon une bouteille d'eau pétillante et la décapsula d'un coup de dents.

— Mazette, s'écria le prince.
C'est prodigieux ! Princesse, je suis amoureux !

— Hop hop hop, mon fils.
Une princesse qui a la dent dure, ce n'est pas une sinécure. Elle critiquera les uns, dira du mal des autres, tout en débouchant des bouteilles à longueur de journée. Le royaume des bouches fleuries n'est pas un bar, que je sache ! Princesse suivante, s'il vous plaît !

Royale

Le prince Émailblanc manifesta son mécontentement en cessant de sourire brutalement. C'était de son mariage dont il était question et il trouvait que son avis comptait trop peu dans les décisions. Une sixième princesse s'avança pourtant. Elle était magnifique. Ses cheveux blonds et longs touchaient le sol et traînaient derrière elle, sa robe était rose pas comme la rose des vents qui peut avoir n'importe quelle couleur.

— Bonhumm, je suis la princesse Mummm.

— Articulez, princesse, je vous prie. Nous n'avons rien compris, s'impatienta le roi Souriraveuglant.

— C'est que, muhmmm, je parle entre mes dents, muhmmm. Je marmonne, muhmmm, je grommelle tout le temps.
— Ce n'est pas très distingué de s'exprimer aussi inaudiblement, nota la reine Detoutessesdents, qui aimait les bonnes manières.
— Sans compter que parler entre ses dents revient à parler dans sa barbe et que nous ne voulons pas de femme à barbe pour notre fils, le prince Émailblanc, ajouta le roi Souriraveuglant.
Là, le prince fut obligé de reconnaître que ses augustes parents avaient raison : cette princesse Mummm n'était vraiment pas celle qu'il lui fallait.

Diplômes
Dents 20/20
Molaires 20/20
Quenottes 20/20
Défenses 20/20
Ratiches 20/20
Chicots 20/20
Incisives 20/20
ommets 20/20
mail 20/20
encives 20/20

Une septième princesse s'avança donc. Mais au lieu de porter une robe rose comme les précédentes, elle était en blouse blanche, comme un docteur.

— Bonjour, je suis la princesse Dentiste.

J'ai fait de longues études pour savoir soigner toutes les dents. Je suis dentiste, orthodontiste, stomatologue, gencivologue, spécialiste de la canine, docteur en prémolaire, as en incisive, championne mondiale en dents de sagesse. Avec moi, les dents sont alignées, les caries n'existent pas, les grands-pères n'ont plus besoin de dentiers.
L'assistance applaudit.

Avoir un tel génie au royaume des bouches fleuries, c'était inestimable !

— Je soignerai les dents de chaque sujet du royaume des bouches fleuries gratuitement, ajouta-t-elle. Et sans piqûre. Ils ne sentiront rien, j'en fais la promesse solennelle.
Le roi Souriraveuglant et la reine Detoutessesdents se levèrent de leur trône, enthousiasmés. Ils avaient trouvé là la princesse idéale, celle qui convenait parfaitement à leur fils.

Mais le prince Émailblanc semblait d'un tout autre avis. Cette princesse ne lui disait rien qui vaille, avec sa blouse blanche et les instruments en métal qui dépassaient de ses poches. Rien qu'en la regardant il avait déjà mal aux dents.

— Non, dit-il à ses parents, je n'épouserai pas la princesse Dentiste.

Le roi et la reine se regardèrent, interdits.
Comment ! Leur fils chéri allait renoncer à un si avantageux parti ?
— Voyons, fiston, tenta le père, une princesse dentiste qui ne fait pas mal ! Que pouvez-vous vouloir de plus ?
— Quelqu'un qui me plaise !
Quelqu'un qui fasse frémir mon cœur et sourire de toutes mes dents, spontanément.
— Mon fils, vous êtes trop romantique. Je crains que vous ne restiez vieux garçon, en dépit de votre extraordinaire dentition !

Mais le prince était buté : il ne voulait pas de cette mariée.
La situation était donc très tendue dans la salle du trône.

On entendait les dents grincer.

Le roi Souriraveuglant ne desserrait pas les dents, ce qui faisait qu'il portait fort mal son nom.
La reine Detoutessesdents faisait elle aussi honte à son patronyme : la bouche pincée, les lèvres verrouillées, ses quenottes si admirables restaient cachées dans sa bouche.

Et le prince Émailblanc faisait des allées et venues dans la salle du trône, tendu, inflexible, raide. On n'osait l'approcher, de peur de s'en mordre les doigts, ou de s'y casser les dents. Les courtisans, voulant détendre l'atmosphère, envoyèrent un jongleur, un acrobate et un montreur d'ours devant la famille royale, mais rien n'y fit. Les sourires reviendraient au royaume des bouches fleuries quand les poules auraient des dents, se disait-on.

C'est alors qu'une huitième princesse apparut.
Elle était toute simple : sa robe était bleue, ses cheveux flottaient sur ses épaules, ses pieds étaient nus, ses yeux fiers et rieurs. Elle croquait une pomme, à pleines dents. Sa beauté était telle que le prince Émailblanc en resta bouche bée.

— Bonjour, je suis la princesse Quicroquelavieàpleinesdents. Je cours, je danse, je ris, j'aime mes amis, je mange, je dors, je voyage, je peins, je rêve, je cuisine, j'aide mes parents, je joue, je pêche, je goûte à tous les plaisirs de la vie.
— Princesse, la vie avec vous ressemble à un conte de fées. Voulez-vous m'épouser ?
— Et ses dents ? demanda la reine Detoutessesdents. On n'a pas vu ses dents ! Si ça se trouve, elle a de vieux chicots pourris !
En réalité, elle les avait fort jolies.
Mais le prince Émailblanc intervint :
— On s'en fiche de ses dents, lança-t-il, sûr d'avoir enfin trouvé celle qui serait sa femme.

C'est avec elle que je veux croquer la vie à pleines dents.

Et, devant le roi et la reine sur les dents, le prince Émailblanc se mit à genoux et demanda la main de la princesse Quicroquelavieàpleinesdents.

Qui accepta sa proposition, tout simplement.

Et c'est ainsi que le prince Émailblanc et la princesse Quicroquelavieàpleinesdents se marièrent et eurent beaucoup d'enfants.

Qui naquirent avec des dents.

La sorcière Cucaracha

Il y a très longtemps, au Mexique, vivait une horrible sorcière appelée Cucaracha. Elle était maigre à faire peur et sèche comme un vieux parchemin. Là où elle passait, les fleurs fanaient, les arbres mouraient et le désert s'installait.

Une vraie calamité !

Un matin, le désert arriva au village d'Esteban. En se réveillant, le petit garçon vit que toutes les plantes de son jardin étaient flétries. Alors, il prit son baluchon et s'enfonça dans le désert, bien décidé à rencontrer la sorcière.

Il la vit bientôt accoudée à un cactus. Esteban toussota :

« Bonjour ! Je m'appelle… »

Mais il ne put continuer, car Cucaracha le transforma en scorpion. Furieux, Esteban grimpa sur elle pour la piquer. Celle-ci éclata de rire :

« Essaie toujours, microbe ! Mais ma peau est aussi dure que ta carapace. »

Alors Esteban eut une idée. Il courut vers la bouche de la sorcière et entra dedans. Cucaracha fut si étonnée qu'elle l'avala tout rond.

Esteban descendit un long tunnel et se retrouva dans une pièce tendue de rouge. Par terre, il y avait une petite chose sèche et rabougrie, piquée de trois épines de cactus. Il s'approcha. Avec ses mandibules, il saisit une épine et la retira.

À sa grande surprise, la chose gonfla un peu et prit une forme de cœur ! Esteban retira la seconde épine. Le cœur gonfla à nouveau et se mit à palpiter. Alors Esteban saisit la troisième épine. Il s'arc-bouta – car elle était plantée très profond – et tira, tira de toutes ses forces en fermant les yeux…

Quand il les rouvrit, il était redevenu un petit garçon. À ses pieds, l'herbe reverdissait. Partout, les arbres et les fleurs repoussaient. Et devant lui, à la place de la sorcière, se tenait une jeune femme d'une grande beauté :

« Merci, Esteban.

Je suis la fée de la Forêt et tu m'as délivrée d'un bien vilain sortilège. Je te protégerai toute ta vie ! »

Puis la fée disparut dans les bois et Esteban retourna à son village, le sourire aux lèvres…

La grenouille en gelée

Chères amies,

Je vous invite à venir goûter ma grenouille en gelée ce soir à minuit. Apportez une spécialité de chez vous !

Issnögudurn la sorcière

« Yepee ! s'exclame Killy, la sorcière américaine, en lisant ses mails. Ma cousine islandaise m'invite à un dîner international ! »

Vite, elle s'empare de son grimoire : « Voyons ma recette de cookies : du lait de bison, des pépites de scorpion… Zut, je n'en ai plus ! Il faut que j'aille voir Zounia, à tous les coups elle en aura ! »

Elle saisit sa baguette dans sa robe en jean : « Baguette magique, allons en Afrique ! » Et elle atterrit au marché devant Zounia, la marchande de scorpions grillés.

« J'ai besoin de pépites pour ma recette, explique Killy.

– En voici un bocal entier, sourit Zounia. Et toi, tu aurais un boa frais pour ma tarte de ce soir ?

– Non, mais demande à Yamaka, à tous les coups elle en aura ! »

Les deux sorcières sortent leurs baguettes : « Baguette jolie, allons en Asie ! » Et elles arrivent dans la cuisine de Yamaka, occupée à cuire des nids d'araignée.

Yamaka offre un magnifique boa à Zounia, et les trois sorcières finissent de préparer leurs plats. Elles sont tellement absorbées qu'elles ne voient pas minuit passer.

« Zut, nous sommes très en retard, s'exclame soudain Killy. Baguette gourmande, allons en Islande ! » Et elles atterrissent chez Issnögudurn.

« Ah, vous voilà enfin ! s'exclame-t-elle. Je suis désolée, en vous attendant, j'ai mangé toute ma grenouille en gelée ! »

Mais Killy, Zounia et Yamaka sortent les cookies aux pépites de scorpion, la tarte au boa gluant, les nids d'araignée confits, et le festin commence.

Une toute petite grenouille verte saute alors sur la table… Quatre baguettes se dirigent vers elle et, une seconde après, une magnifique grenouille en gelée trône sur la table !

Wizz !!!

« Elle a un petit goût exotique, déclare Issnögudurn en la goûtant : c'est ça, la cuisine internationale ! »

Zoé et le miroir magique

Il y a bien longtemps, vivait une ravissante princesse qui s'appelait Zoé. Mais elle avait très mauvais caractère. À cause de cela, elle n'était pas très aimée par les habitants du royaume et en était d'autant plus insupportable.

Un jour, un voyageur qui rendait visite au roi, son père, lui offrit un miroir. Elle l'installa dans sa chambre et, le soir venu, elle s'assit devant lui. Stupéfaite, elle découvrit à la place de son joli visage une tête toute laide qui ronchonnait :

« Scrogneugneu ! marmonnait le miroir.

Zoé, regarde un peu la tête que tu fais ! Veux-tu rester comme cela, oui ou non ? Si c'est non, demain soir, reviens t'asseoir.

– Rester comme cela ? se dit Zoé. Pas question ! C'est vrai que je boude souvent, mais la fille que je vois là, ce n'est pas moi ! »

Le lendemain soir, Zoé revint devant le miroir. Dans la glace, il y avait une bouche tordue. À nouveau, le miroir se mit à parler :

« Bigrebleu !

De cette bouche déformée sortent des mots vipères, des mots poisons, des mots boulets de canon, et quelques mensonges aussi quand ça l'arrange…

Zoé, veux-tu rester comme cela, oui ou non ?

Si c'est non, demain soir, reviens t'asseoir. »

Zoé ne voulait pas ressembler au miroir. Elle revint, et voici ce qui se passa les jours suivants. Le troisième soir, le miroir lui montra des yeux remplis d'éclairs. Le quatrième soir, deux grosses jambes paresseuses qui s'ennuyaient et ne voulaient plus bouger.

Le soir suivant, Zoé vit deux mains qui attrapaient et cassaient tout avec colère. Le sixième soir, son reflet affolé gigotait dans tous les sens…

Zoé commençait à avoir peur de ce que lui montrait ce curieux miroir, mais elle choisit de revenir encore le lendemain. Le septième soir, Zoé s'approcha doucement, et devinez ce qu'elle vit : une belle demoiselle, gracieuse et souriante.

« Ah,
comme cela fait du bien
de se voir ainsi ! »
s'exclama-t-elle.

Ce soir-là, le miroir fut muet. Zoé le prit dans ses mains et aperçut un message écrit derrière :

*Je t'ai montré que tu donnes aux autres
des images de toi bien désagréables.
Mais à chaque instant, tu peux choisir
de rester comme cela ou non.
Reviens me voir quand tu veux.
Ton ami, le miroir magique.*

À partir de ce jour, Zoé garda précieusement son nouveau compagnon. Et, grâce à lui, elle devint la personne la plus aimée du royaume.

Une potion pas vraiment dégoûtante

C'est la catastrophe ! Avec ces robots ménagers qui passent dans les moindres recoins, il n'y a plus un seul grain de poussière ! À cause des balayettes téléguidées qui traquent le plus petit désordre, il n'y a plus une seule toile d'araignée. Impossible aussi de trouver des poils de rat ou des pattes de mouche, les avions désinfecteurs font fuir les petites bêtes. Non, décidément, il ne fait pas bon vivre en 2145 quand on est une sorcière !

Debout devant son chaudron, Grisemine s'arrache les cheveux. Elle veut transformer son voisin en crapaud, mais n'a aucun ingrédient dégoûtant en dehors d'un poil de brosse à dents et d'une pelure d'oignon.

« C'est insuffisant, râle-t-elle. Il me faut une toile d'araignée.

– Qu'est-ce que c'est ? » lui demande un enfant.

Grisemine prend alors une feuille et y dessine une toile d'araignée bien dégoûtante.

« Beurk ! dit l'enfant. C'est sale !

– Non, c'est juste un dessin ! »

Mais l'enfant refuse d'y toucher et Grisemine a soudain une idée. Vite, elle reprend son crayon et dessine un serpent baveux, un rat poussiéreux, des crottes de lapin et tout ce dont elle a besoin.

Puis elle jette ses dessins dans son chaudron en récitant la formule magique.

« Gribouillons ! Gribouillis ! Gargouillons ! Gargouillis ! »

Ça marche !

Le soir venu, Grisemine invite son voisin qui avale sans se méfier la potion qu'elle lui a préparée. La pièce s'emplit alors de fumée.

« J'ai réussi ! » s'écrie Grisemine.

Mais lorsque la fumée se dissipe tout à fait, elle ne voit ni voisin, ni batracien, mais une feuille volante sur laquelle est dessiné…

un gros crapaud !

La petite princesse qui ne rêvait pas

La petite princesse Aurora est malheureuse : elle ne sait pas rêver. Chaque soir, avant d'éteindre la lumière, son père le roi lui murmure :

« Fais de beaux rêves, ma princesse ! »

Mais des rêves, elle n'en fait jamais...

Voyant sa fille si attristée, le roi décide de réunir les conseillers les plus éminents du royaume pour trouver une solution.

Le professeur Atome, le grand physicien, explique que parfois on rêve la nuit, mais le matin, on ne se souvient de rien.

Peut-être que la princesse rêve mais ne s'en rappelle jamais ?

Pour le vérifier, il pose des électrodes sur la tête d'Aurora avant que celle-ci ne s'endorme. Mais la princesse a raison. Pendant la nuit, son cerveau n'a aucune activité. Elle ne sait pas rêver.

Le marchand Monnaie, le célèbre commerçant, propose de parcourir tout le royaume. Il trouvera bien des rêves à acheter ! Mais après avoir sillonné des milliers de marchés, il doit se rendre à l'évidence :

les rêves ne s'achètent pas.

Le chevalier Épée, le valeureux guerrier, suggère de voyager pour apprendre à rêver. Il part avec Aurora et lui fait découvrir tous les recoins de leur pays. Aurora revient épuisée, mais elle n'arrive toujours pas à rêver.

Le roi est désespéré. Ses conseillers n'ont rien trouvé.

Aurora ne saura jamais rêver.

C'est alors que le vieux bibliothécaire du château demande une audience au roi : il a une idée. Le souverain n'a pas très envie de le recevoir car il n'aime pas beaucoup les livres. Il finit cependant par accepter. Après tout, on ne sait jamais…

« La solution, votre Majesté, lui dit le vieil homme, est que vous lisiez une histoire à votre fille tous les soirs avant le coucher.

– Mais les histoires sont invraisemblables et n'ont rien à voir avec la réalité !

– Comme les rêves,
votre Altesse,
comme les rêves… »

sourit le vieux bibliothécaire.

Le soir venu, le roi suit malgré tout les conseils du vieil homme. À l'heure du coucher, il lit une histoire à Aurora.

Le lendemain matin, quand celle-ci se réveille, elle se sent merveilleusement bien. Elle a passé la nuit à rêver.

De lutins,
de magiciens,
de pirates
et de fées !

À compter de ce jour, tous les soirs, le roi lit une nouvelle histoire à la princesse avant d'éteindre la lumière. Il ne lui souhaite plus de faire de beaux rêves, car désormais, rien ne pourrait l'empêcher de rêver !

P.J

Le Noël de la princesse Jamécontente

Il était une fois la princesse Jamécontente qui n'était jamais satisfaite de rien.

Chaque Noël était une torture pour ses parents.

La princesse Jamécontente réclamait des cadeaux invraisemblables :

« Je veux un château en chocolat, une montagne enneigée, un bout de lune, une forêt de baobabs ou une licorne bleue !

– Mais, mon lapin, ce n'est pas possible, c'est beaucoup trop difficile à trouver et à livrer. Pense au pauvre Père Noël !

– Je m'en fiche, de ce vieux barbu ! Il n'a qu'à faire un effort ! »

Et la princesse Jamécontente tapait rageusement du pied par terre et brisait ses escarpins.

Pourtant, le Père Noël en faisait, des efforts.

Il essayait chaque fois de lui trouver de beaux cadeaux.

Mais, évidemment, ce n'était jamais ce que la princesse Jamécontente avait demandé :

« Il y a deux ans, je lui ai donné de beaux livres de contes.

Eh bien, elle me les a tous renvoyés avec un petit mot expliquant qu'elle préférait un vrai prince charmant !

– Ce n'est pas très poli de sa part ! commenta le lutin.

– Je ne vous le fais pas dire ! L'année dernière, elle m'a retourné son vélo sous prétexte qu'il n'était pas incrusté de diamants verts !

– C'est agaçant !

– Et je ne vous parle pas de la fois où elle a réexpédié son poney parce qu'il était marron, et que le marron, ça fait sale et qu'elle préfère les poneys roses !

– Sale gosse !

– Exactement ! La seule chose que j'ai envie de lui donner cette année, c'est une bonne fessée ! conclut le Père Noël.

– Je crois que j'ai une meilleure idée ! » dit le lutin malin en se frottant les mains.

Et il chuchota à l'oreille du Père Noël sa précieuse trouvaille.

« Ha, ha, ha,

s'esclaffa le Père Noël,

Très bon, c'est très bon ! »

Le matin de Noël, la princesse Jamécontente ouvrit la porte
de la salle à manger et poussa un grand cri : « Haaaaa ! »
« Mais qu'est-ce que c'est que ça ?
– C'est, c'est, dirent le roi et la reine en claquant des dents,
c'est ton cadeau de Noël. »
Un gigantesque dragon, à la gueule immense et aux naseaux fumants,
les contemplait d'un œil méchant.
Soudain, il cracha des flammes si puissantes
que tout le mobilier fut réduit en cendres,
et le château, en un petit tas tout noir.
« Voilà, pleurèrent le roi et la reine, assis devant les douves,
nous n'avons plus rien. C'est de ta faute,
tu as fâché le Père Noël !
– Pfft, tu parles, un dragon vert !
C'est nul !
Il aurait quand même pu m'en trouver un rose ! »
Moralité : on a beau faire, une princesse
Jamécontente n'est jamais contente !

La fée Libellule

Tous les mercredis Viviane se rend avec ses amies au cours de danse. Elle met un joli tutu rose et enfile des petits chaussons assortis. En suivant le rythme de la musique, elle apprend à placer ses bras en couronne au-dessus de sa tête, à tendre ses pointes de pied et à danser en farandole en donnant la main aux autres petites filles.

« Viviane, j'ai remarqué que tu as fait beaucoup de progrès ! lui dit un jour Blandine, son professeur ! Voudrais-tu jouer le rôle de la fée Libellule au spectacle de fin d'année ? »

Viviane est vraiment contente ! Elle imagine déjà son costume : en tulle rose, avec deux ailes aux reflets rose et vert, brillantes comme de la nacre.

De répétition en répétition, Viviane apprend ses pas de danse par cœur. Quand arrive le grand jour, elle enfile un costume féerique. Plus beau encore que dans ses rêves ! Mais tout à coup, Viviane ne se sent pas très bien. Son front est chaud, la tête lui tourne et elle a très soif.

La petite fée ne dit rien et fait comme si tout allait très bien mais, au fond d'elle-même, elle est très inquiète. Est-ce que ses jambes la porteront ? Aura-t-elle assez de forces pour faire ses entrechats ?

Un coup d'œil vers Marianne, sa meilleure amie, puis un autre vers Chloé… Elles ont l'air aussi mal en point qu'elle. Marianne ne peut plus parler et ressemble à un poisson qui manque d'air, Chloé a le fou rire sans raison et ne peut plus s'arrêter. Blandine, leur professeur, s'en aperçoit.

« Le Trac ! toujours ce maudit Trac ! dit-elle. C'est le souffle d'un lutin malicieux qui tourne autour de vous. Répétez après moi la formule magique :

Zou le grand Trac ! Trouc le grand Zou et il disparaîtra ! »

Les petites filles répètent la formule magique aussi fort qu'elles le peuvent et montent sur scène le cœur battant.

Au milieu des lumières, on ne voit plus que la fée Libellule et ses jeunes amies qui virevoltent sous des tonnerres d'applaudissements…

La tortue et le prince

Il était une fois une jolie princesse qui régnait sur une île exotique. Hélas ! un sorcier décida un jour de lui voler son trône. Il la transforma en tortue et lui dit :

« Seul le baiser d'un prince pourra te rendre ton apparence humaine ! »

Quand la pauvre princesse pencha la tête sur l'eau pour découvrir son nouveau reflet, sa couronne tomba à la mer. Emportée par les courants, elle flotta longtemps, longtemps…

Bien plus tard, en Europe, un jeune prince galopait le long d'une plage lorsqu'il aperçut dans l'eau un objet qui brillait au soleil.

« Une couronne ! Si la princesse qui l'a perdue est aussi belle que ce bijou d'or fin, je serai heureux de l'épouser. »

Il embarqua sur un bateau et voyagea de par le monde. Il rencontra mille princesses, mais aucune n'avait perdu sa couronne… Il arriva enfin sur l'île exotique, et salua une tortue qui attendait sur le rivage :

« Tu as l'air bien triste. Que t'est-il arrivé ? »

Pas de réponse : la tortue était muette.

Le prince soupira : « Moi aussi, je suis malheureux. Je ne trouve pas la princesse qui a perdu cette couronne. Saurais-tu où elle vit, par hasard ? »

À ces mots, la tortue hocha la tête. Le prince s'écria :

« Conduis-moi vite à elle ! »
Et, dans sa joie,
il embrassa la tortue.

Aussitôt, la princesse reprit sa forme humaine et lui raconta son histoire.

À peine eut-elle fini que le prince se précipita à la recherche du sorcier. Il le trouva qui faisait la sieste dans son hamac royal entre deux cocotiers. Sa baguette magique avait glissé de ses mains. Le prince la ramassa, la cassa en deux et secoua l'épaule du sorcier :

« Debout, paresseux ! Tu ne pourras plus transformer de princesse en tortue. Mais moi, je vais te transformer en passoire si tu ne disparais pas de ma vue… »

Et le prince brandit son épée. Terrifié, le sorcier prit la fuite. La princesse épousa le héros qui l'avait sauvée, et régna avec lui sur l'île merveilleuse.

LA BELLE AU BOIS RONFLANT

Cela faisait maintenant cent trois ans que la princesse dormait dans son donjon. Elle s'était piqué le doigt à une épine de rose empoisonnée par la méchante sorcière. Et depuis, elle traînait au lit… Il était grand temps de la réveiller ! D'autant plus qu'elle ronflait comme un camion de dix tonnes au démarrage.
Un ronflement si énorme que les habitants des villages alentour étaient obligés de mettre des bouchons d'oreilles pour dormir la nuit.
Certes, durant ces longues années, des princes étaient venus de très loin pour l'embrasser. Mais en entendant de loin ses ronflements, ils avaient fait demi-tour, craignant de partager le lit d'une telle soufflerie !

Un jour cependant, un prince, plus téméraire ou moins heureux en amour que les autres, osa franchir les portes du donjon. Il crut tout d'abord que le vacarme annonçait un dragon d'une espèce à gros naseaux, sous-espèce des cracheurs de feu. Il dégaina son épée :

« En garde, dragon !
Ôte-toi de mon passage
ou je te découpe
en rondelles de saucisson ! »

Mais point de dragon dans le hall d'entrée. Le prince monta, monta et ne rencontra personne dans les escaliers. « Bizarre », se dit-il. Il arriva enfin dans la chambre de la princesse.
Les murs tremblaient, le plancher vibrait…
« C'est donc elle qui ronfle si fort ! La sorcière qui l'a plongée dans le sommeil a dû aussi lui inoculer le sortilège de la ronflette. Mais comme son visage est angélique, comme ses cheveux sont soyeux et bien peignés ! Je vais la réveiller d'un baiser et l'emmener dans mon royaume enchanté. »

TRRRR

Le prince, déjà amoureux,
fit un petit baiser de libellule
à la princesse. Elle remua
dans son sommeil, tourna la tête
de l'autre côté…
mais n'ouvrit pas les yeux.
« Bon, réessayons ! »
Le prince fit, à la princesse,
un baiser plus appuyé.
Elle agita le bras et poussa un gros

« Mummmm »

contrarié. Puis elle se remit
à ronfler. « Pauvre princesse,
le sortilège qui l'envoûte
est très puissant.
Elle n'arrive pas
à se réveiller… »

Il se racla la gorge, puis dit : « Princesse, youhou, c'est moi…
Princesse, c'est votre prince charmant ! Je viens vous libérer de la magie qui vous tient endormie. Réveillez-vous, je vous aime ! »
La princesse ouvrit un œil :

« Qui êtes-vous, gringalet, pour oser ainsi me réveiller ?

— Je suis le prince des causes perdues. Certes, je ne suis pas bien épais, mais je suis très vaillant et je viens vous secourir, belle princesse !

— Mais je n'ai pas du tout envie d'être secourue, Monsieur le prince du pain perdu !

Je suis très bien ici !

— Allons, princesse, soyez sérieuse ! Vous n'en avez pas assez de rester couchée ainsi à ne rien faire depuis cent trois ans ?

— Je ne fais pas rien, monsieur, je rêve ! Je rêve que je passe ma vie à dormir ! Et c'est très fatigant !

— Enfin, ma douce, il faut que vous sortiez de votre lit. Dehors la vie est belle, le soleil brille, les oiseaux chantent…

— Je me fiche des oiseaux ! Je préfère ma couette et mon oreiller. Et de toute façon, je ne partirai pas avec vous, vous avez mauvaise haleine et vous embrassez mal.

— Alors ça, c'est vraiment méchant ! »

Et le prince se mit à pleurer à gros bouillons.

« Eh bien oui, c'est comme ça, je suis méchante.

Alors, passez votre chemin et laissez-moi dormir en paix ! »

Et le prince s'en alla, se disant que toutes les princesses qui dorment ne sont pas forcément des belles au bois dormant !

Quant à la princesse mal lunée, elle ronfla encore cent ans !

Une princesse garçon manqué

Aglaë aurait rêvé être un garçon pour grimper aux arbres, monter à cheval et se rouler dans l'herbe. Mais Aglaë est une princesse et elle ne tire pas à l'arc ni ne saute dans la gadoue. Elle fait du point de croix, joue de la harpe et porte de jolies robes !

Un jour, un messager arrive au palais du roi son père, catastrophé :

« Votre ami le prince Gédéon est prisonnier de Tarentula, l'araignée géante ! dit-il.

– Qu'on envoie l'armée le délivrer ! ordonne le roi.

– Impossible, votre Altesse.

L'antre de Tarentula est si étroit qu'aucun soldat ne peut s'y glisser.

– Boris, mon serpent domestique, ira donc ! décide le roi.

– Inutile, votre Altesse. Tarentula a ligoté le prince si serré qu'il faudrait des doigts de fée pour le libérer. Or votre serpent n'a pas de doigts ! »

Le roi est très ennuyé, mais Aglaë n'a rien perdu de la conversation…

« Je peux y aller, moi ! dit-elle. Je suis si menue que je pourrai me glisser chez Tarentula. Et mes doigts sont si fins qu'aucun nœud ne me résistera. Je délivrerai le prince ! »

Le roi réfléchit, se gratte la barbe et finalement accepte.

« Merci, papa ! »

crie la princesse en s'élançant dehors avant que son père ne change d'avis.

Arrivée devant l'antre de l'araignée, Aglaë sort son nécessaire à couture et commence à tricoter. Un point à l'endroit, un point à l'envers… Bientôt elle a fabriqué un filet très serré.

« Tarentula ! »

appelle-t-elle courageusement.

L'araignée géante, curieuse, sort la tête de sa grotte. Aussitôt, Aglaë jette son filet sur elle et la fait prisonnière. Puis, tandis que Tarentula se débat dans sa prison de fil, la princesse se glisse dans la grotte. Le prince Gédéon est là, ligoté comme un saucisson ! Aglaë démêle les nœuds un à un avec une infinie patience et, quelques instants plus tard, Gédéon et elle sont dehors.

C'est ainsi qu'une jolie princesse, pas si garçon manqué que cela, sauva toute seule son prince charmant !

Décroche-moi la lune !

Le chevalier Arthur est amoureux de la princesse Tania.

« Princesse, voulez-vous m'épouser ? » demande un soir le chevalier.

Le cœur de Tania ne bat que pour lui, mais elle répond :

« Arthur, décroche-moi la lune, et je suis à toi ! » Et elle s'enfuit…

« Pour décrocher la lune, il faut grimper en haut d'une montagne ! » déclare Arthur. Et monté sur Auror, son fidèle destrier, il se dirige vers le sommet de l'Aiguille Noire. Il franchit les rivières, saute par-dessus les falaises, escalade les rochers… Après trois jours et trois nuits, il parvient tout en haut. Mais la lune semble toujours aussi loin.

« Pour décrocher la lune, il faut que je m'envole sur un oiseau » pense Arthur.

Et il décide d'apprivoiser un aigle qui a fait son nid sur une corniche. Après trois jours et trois nuits, l'oiseau accepte de l'emmener. Arthur s'accroche à son cou et ils s'envolent dans la nuit, de plus en plus haut. Mais quand le matin arrive, la lune semble toujours aussi loin. Et l'aigle redépose le chevalier près d'Auror.

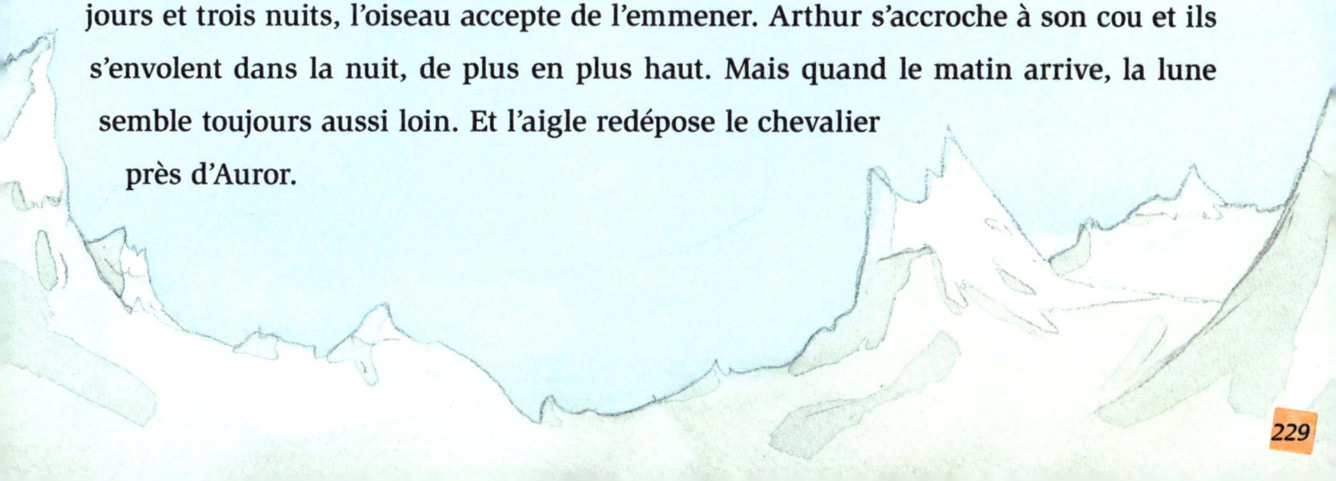

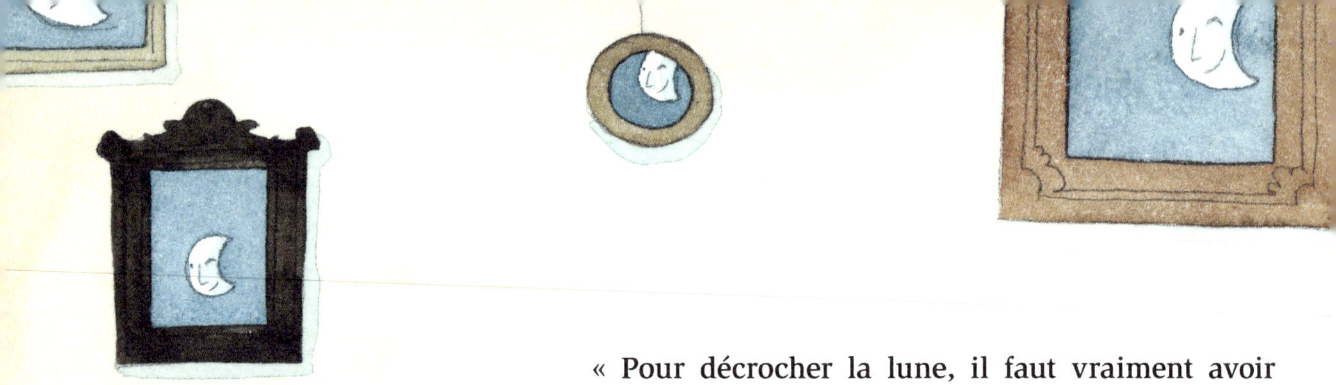

« Pour décrocher la lune, il faut vraiment avoir des superpouvoirs ! » se lamente Arthur en prenant lentement le chemin du retour.

Le soir venu, Auror s'arrête pour boire dans une mare. La lune se reflète dans l'eau et étincelle de mille feux. Voyant cela, le chevalier galope vers le château le plus vite possible.

« Princesse, dit-il en arrivant le lendemain, vous m'avez demandé la lune : elle brillera cette nuit dans votre palais ! »

À la nuit tombée, Arthur a fini d'installer des miroirs face aux grandes fenêtres de la salle de bal. La lune brille dans le ciel, se reflète sur chaque miroir et illumine toute la salle.

La princesse Tania descend alors l'escalier royal, vêtue d'une merveilleuse robe en soie dont la longue traîne argentée couvre les marches.

« Arthur, tu es un amoureux parfait : ce soir, je te prends pour mari ! »

Et au moment où les amants se disent « oui » pour la vie, les invités voient tout là-haut, dans le ciel, la lune leur faire le plus doux des clins d'œil.

Le pays Grisouille

Le pays Grisouille était un pays terriblement gris. Les maisons, les fleurs et les habitants étaient gris anthracite, gris perle, gris ardoise, gris souris... Autrefois pourtant, tout y était aussi coloré que partout ailleurs dans le monde. Mais un jour, un monstre s'y était installé dans une caverne. Le lendemain, le bleu avait disparu. Le rouge ensuite, le jaune, le vert, le violet...

Bientôt, il ne resta plus que du gris !

Le monstre séquestrait les couleurs dans son antre. Il menaçait même de supprimer le gris, et de faire ainsi disparaître le pays, s'il ne dévorait pas une princesse tous les mois.

Chaque mois, il croquait donc sans pitié une petite princesse. Et chaque mois, lorsque le monstre ouvrait sa caverne pour attraper sa nouvelle victime, les couleurs s'en échappaient un instant et le pays Grisouille retrouvait sa beauté.

Un jour, ce fut au tour de la princesse Rose d'être dévorée. La veille, le jeune prince dont elle était amoureuse s'enferma dans son atelier. Il y passa toute la nuit. Au petit matin, il en ressortit avec une jolie poupée de chiffon qui ressemblait à s'y méprendre à la princesse Rose. Mais à l'intérieur, la poupée était remplie de poison.
Le courageux prince se rendit à la caverne et frappa au rocher qui en obstruait l'entrée. Le monstre poussa la pierre tandis que les couleurs se répandaient sur le pays. Le prince lui tendit la poupée qu'il portait dans ses bras.
« Elle est bien molle cette princesse, dit le monstre d'un air soupçonneux.
– Elle s'est évanouie en chemin, expliqua le prince.
– Tant mieux, ricana le monstre.
Au moins celle-ci ne criera pas lorsque je la croquerai ! »

Le monstre souleva la poupée jusqu'à ses gigantesques naseaux.
« Quelle est cette drôle d'odeur sur ses vêtements ? grogna-t-il de nouveau.
– Son parfum, sans doute », répondit le prince en tremblant.

Mais déjà le monstre n'écoutait plus. Il avait faim ! Sans plus attendre, il rentra dans sa caverne en emportant la poupée. La pierre roula derrière lui et le pays redevint gris.

Quelques heures plus tard, le prince fit basculer la pierre à l'entrée de la grotte et risqua un œil à l'intérieur. Le monstre était là, gisant sur le sol, mort. Aussitôt, le prince ouvrit en grand la caverne et les couleurs s'éparpillèrent en riant dans le ciel, sur les fleurs, les maisons, dans les cheveux et dans les yeux des habitants.

Le pays Grisouille retrouva enfin ses couleurs !

Perdus dans la forêt de Corbac

Le printemps revenait : la neige fondait et l'herbe neuve se couvrait de fleurs. Ce matin-là, en voulant faire un bouquet, Alice et son frère Louis s'aventurèrent dans les bois. Plus ils marchaient, plus la forêt devenait sombre et silencieuse…

« Même les oiseaux se taisent ici », remarqua Louis, inquiet.

Soudain, un bruit de feuilles fit sursauter les enfants. C'était un hibou pris dans un piège, qui les regardait en tremblant !

Alice ouvrit les dents de fer qui le retenaient : « Va, envole-toi », dit-elle.

C'est alors que le hibou se mit à parler : « Vous êtes en grand danger ici ! Cette forêt est le domaine de la sorcière Corbac. Voici l'heure où elle vient relever ses pièges. L'entendez-vous ? »

En effet, un martèlement faisait vibrer le sol. La sorcière approchait !

Une vocifération déchira les airs :

« Je sens des enfants par ici ! »

Louis et Alice se regardèrent et pâlirent.

« Blottissez-vous contre ce tronc », leur dit le hibou en montrant un sapin encore lourd de neige.

Quand les enfants eurent obéi, il se percha sur l'arbre et le secoua de toutes ses forces. Des paquets de neige tombèrent au sol, cachant Louis et Alice derrière un rempart blanc. Il était temps !

Corbac entrait dans la clairière : « Où sont ces chenapans ? Ce n'est pas possible que j'aie perdu leur piste ! »

La sorcière renifla à grandes bouffées, mais la neige protégeait les enfants de son mur sans odeur. Dans sa fureur, Corbac déracina un chêne et jeta trois rochers en l'air, puis elle passa son chemin.

La nuit venue, le hibou héla les enfants : « Corbac est couchée à cette heure. Venez, je vous ramène chez vous. »

En retrouvant leur maison, Alice et Louis balbutièrent des mercis éperdus.

« Vous m'avez sauvé en premier, dit le hibou. Adieu, mes amis : oubliez à jamais le chemin de cette forêt ! »

BLANCHE-NIAISE ET LE PRINCE PAS-CHARMANT-DU-TOUT

Il était une fois, dans un royaume très lointain, une princesse atrocement laide. Hortense était tellement vilaine que, lorsqu'elle passait dans les rues, les habitants fermaient leurs volets, les lépreux lui jetaient des pierres et même les chiens hurlaient à la mort. Tous les jours, la princesse interrogeait son miroir magique :

« Miroir, affreux miroir, dis-moi : qui est la plus moche de ce royaume ? »

Invariablement, le miroir répondait, au bord de la nausée :
« C'est vous, ô princesse Hortense ! Vous êtes bien, et de loin, la plus laide de tout ce royaume et même des seigneuries voisines. »
Satisfaite, Hortense battait des cils épais sur ses yeux rouges, en minaudant : à coup sûr, le prince-pas-charmant-du-tout tomberait amoureux d'elle au premier regard !
Mais un matin, le miroir, bien embarrassé, lui donna une autre réponse :
« Princesse, vous êtes bien laide, ça, pas de doute.
Pourtant, au fond des bois,
dans la maison des nains, vit une autre jeune fille.
Elle est tellement affreuse que sa laideur
surpasse la vôtre en tout !

— Comment

Une simple paysanne ose défier la fille du roi !

cria Hortense. Je la pourchasserai et l'empoisonnerai !
Et comment s'appelle-t-elle, d'abord, cette pimbêche ?
— Blanche-Niaise », répondit le miroir.
Alors, Hortense descendit dans les caves du château et dessina une énorme verrue sur son nez déjà crochu : ainsi parachevé, son déguisement de sorcière était parfait ! Puis elle partit dans la forêt et s'approcha de la maison des nains sur la pointe de ses pieds bots.
Dissimulée derrière un arbre, elle aperçut Blanche-Niaise, au moment où celle-ci sortait de la chaumière en braillant. Aussitôt, les oiseaux s'envolèrent, les biches se réfugièrent au plus profond des fourrés et même le grand méchant loup mit les bouts.

Hortense se pinça : la jeune fille chantait encore plus mal qu'elle !
« Mince… Et en plus, elle est vraiment très, très hideuse…
Si le prince-pas-charmant-du-tout se présente, c'est elle qu'il choisira. »
Alors, la princesse sortit de son panier une belle pomme rouge empoisonnée… Et elle s'approcha de Blanche-Niaise, pour lui proposer le fruit. Sans réfléchir, Blanche-Niaise, qui portait bien son nom, mordit dans la pomme à belles dents (il lui en manquait trois sur le devant).
Elle sombra aussitôt dans un profond sommeil maléfique.
Victorieuse, Hortense rentra chez elle en ricanant méchamment.
Un jour, pourtant, le prince-pas-charmant-du-tout passa dans la forêt.
Il était bien las : cela faisait maintenant vingt ans qu'il recherchait, à travers tout le pays, une princesse vraiment laide, digne d'être son épouse.
Mais toutes celles qu'il rencontrait étaient beaucoup trop jolies !
C'est le problème, avec les princesses !
Il s'arrêta devant la maison des nains et il aperçut le catafalque sur lequel reposait Blanche-Niaise.
Quand il vit l'affreuse endormie, le prince fut saisi :

c'était elle,
celle qu'il cherchait
depuis
si longtemps !

Pour vérifier, il sortit de sa poche une pantoufle orthopédique, taille 46, et l'essaya à la jeune femme. Elle lui allait comme un gant !
Oui, il avait enfin trouvé sa bien-aimée !
Aussitôt, n'écoutant que son amour, il embrassa Blanche-Niaise.
En ouvrant les yeux, elle sourit de toutes ses dents. Et elle épousa sur-le-champ le prince-pas-charmant-du-tout.
Mais Hortense n'eut pas à s'en plaindre. Car l'amour rendit Blanche-Niaise tellement jolie que la vilaine princesse redevint la plus laide de tout le royaume. Et même des seigneuries voisines.

Et depuis, elle attend un autre prince pas charmant…

Le roi *des* nuages

Il y a bien longtemps, il existait un étrange château avec une cheminée immense qui montait jusqu'au ciel. C'est là que vivait le roi des nuages.

Chaque jour, le roi jetait quelques bûches de bois bien sec dans la cheminée du salon. Deux minutes plus tard, des nuages blancs montaient au-dessus du château et se répandaient dans le ciel.

Le roi savait faire toutes sortes de nuages : des ronds, des longs, des petits ou des gros. Cependant, ils étaient tous blancs comme du coton.

Certains matins pourtant, le roi se levait de fort méchante humeur et rêvait de fabriquer des nuages noirs et menaçants. D'autres fois, il avait du chagrin et aurait préféré des nuages gris et tristes comme lui. Au lieu de cela, les nuages qui sortaient de sa cheminée restaient obstinément blancs.

Le roi s'inscrivit donc à un cours de fabrication de nuages. Il y apprit que les nuages gris s'obtenaient avec du bois mouillé. On lui enseigna aussi qu'en jetant n'importe quoi dans le feu, les nuages deviendraient noirs et que le temps tournerait à l'orage.

À la fin du cours, le roi remercia son professeur et lui posa une dernière question :

« Comment fabrique-t-on les nuages colorés du coucher de soleil ? »

Le professeur prit un air mystérieux. « Je n'ai pas le droit de vous le dire, dit-il. C'est un secret que vous découvrirez un jour. »

Les premiers mois qui suivirent le cours, le roi s'amusa comme un fou. Il modifiait chaque jour la forme ou la couleur de ses nuages. Mais bientôt, il commença à s'ennuyer et ne fabriqua plus que des nuages gris.

Un matin, une jolie reine frappa à la porte du château.

« Je suis votre voisine, se présenta-t-elle. Mon peuple et moi ne supportons plus vos nuages gris. Nous voulons revoir les nuages blancs que vous saviez si bien faire. »

Le roi fut flatté de constater que l'on appréciait son travail. « S'ils vous plaisent, je vais en fabriquer à nouveau, dit-il en souriant. Voulez-vous voir comment je fais ? »

La jolie reine accepta aussitôt et suivit le roi dans le salon du château. Il lui montra la cheminée et les bûches. Il était si heureux et la reine si gentille que ni l'un ni l'autre ne virent passer la journée. Le soleil se couchait quand la reine repartit enfin en promettant de revenir bientôt.

Bien vite, le roi retourna à sa cheminée fabriquer des milliers de nuages pour accompagner la jolie reine jusque chez elle. Mais lorsque les premiers montèrent dans le ciel, le roi vit qu'ils étaient roses ! C'est alors qu'il comprit le secret du professeur :

les nuages colorés
étaient des nuages de bonheur !

Les princesses qui ne voulaient pas se marier

Il était une fois trois princesses qui étaient sœurs. Elles s'appelaient Colombe, Agathe et Brunehilde. Elles s'aimaient tant qu'elles avaient fait le serment de ne jamais se marier pour ne jamais se quitter. Mais un jour, malgré leurs supplications, le roi leur père décida d'organiser un grand tournoi dont les trois vainqueurs épouseraient ses trois filles.

Le jour venu, des chevaliers de tous genres affluèrent des contrées les plus éloignées. Nos princesses désespérées scrutaient avec horreur la mine des participants.

Tous leur déplaisaient, sauf peut-être…

« Celui-là, près de la tente, dit Colombe. Quel beau visage !

– Mais il est si grand et sa démarche est si mal assurée ! remarqua Agathe.

– Nous ne voulons pas de mari, rappela Brunehilde. Et surtout pas d'un haricot géant qui titube ! »

Joutes, combats d'épées, tir à l'arc…

les épreuves s'enchaînaient et il devint bientôt évident que le chevalier-haricot était le plus fort. Il tenait mal en selle, mais le balancement de son corps immense le rendait insaisissable.

Les lances et les épées le frôlaient sans l'atteindre.

Il avait beau tanguer, son œil visait juste, son bras ne tremblait pas. Et il atteignait chaque fois sa cible, déclenchant les hourras de la foule admirative.

Au coup de trompette final, les princesses fondirent en larmes, car elles savaient qu'elles seraient bientôt séparées.

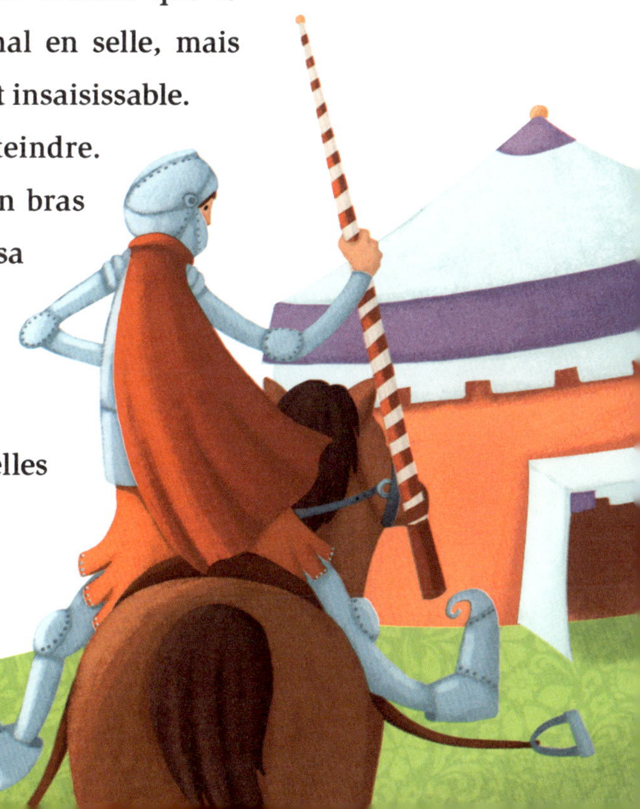

Alors que le roi allait nommer les deux autres gagnants, le géant s'affaissa en trois morceaux

et deux beaux jeunes hommes sortirent de sa cape.

« Votre majesté, nous sommes Albéric, Gontran et Philibert de la Girouette, et demandons votre clémence pour notre culot. Nous avons combattu perchés sur les épaules les uns des autres, car nous voulions vaincre ensemble pour épouser trois sœurs et ne jamais nous quitter. Et la beauté de vos filles valait bien ce défi ! »

Les princesses, émerveillées par ce discours, étaient déjà sous le charme des vainqueurs, et le roi apprécia la prouesse :

« Félicitations, chevaliers ! Je vous déclare gendres de ma royale majesté ! »

Les trois sœurs épousèrent les trois frères. Ils vécurent tous ensemble au château de la Girouette, et leur bonheur fut complet.

Le dragon du sommeil

Il était une fois un pays où vivait le dragon du sommeil. Ce monstre paisible dormait toute la journée et, chaque soir, il parcourait le pays en soufflant des volutes de sommeil sur son passage. Aussitôt, enveloppés dans les fumées du rêve, tous s'endormaient. À l'aube, le dragon fatigué allait se coucher à son tour.

Un soir, un chevalier errant arriva dans le royaume. Il avait entendu dire que la fille du roi de ce pays était la plus belle princesse au monde, et il voulait la demander en mariage. Devant le palais royal, il vit le dragon du sommeil sous les fenêtres de la princesse. Le chevalier pensa qu'il devait protéger la princesse ! Saisissant sa lance, il visa la gorge du dragon… Terrifié, l'inoffensif dragon s'envola à tire-d'aile pour aller se réfugier au pays des rêves.

La princesse, elle, était ravie. Elle en profita pour bavarder jusqu'à l'aube avec le chevalier.

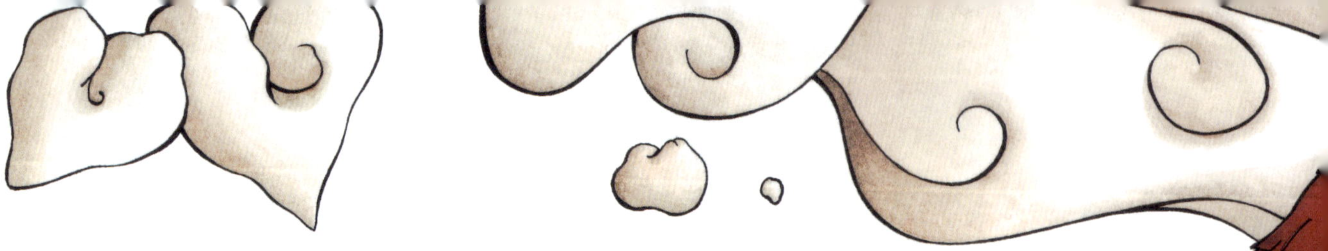

Cette nuit-là, dans le royaume, personne ne parvint à s'endormir.

Ils décidèrent de se marier.

Mais la veille de la noce, il fallut se rendre à l'évidence. Les habitants bâillaient, la fatigue avait creusé des cernes sous leurs yeux et ils étaient d'une humeur épouvantable !

Comment fêter un mariage royal dans une telle atmosphère ?

Navré de son erreur, le chevalier décida de retrouver le dragon pour lui demander pardon. Il prit le luth qui était fixé à la selle de son cheval blanc et entonna une berceuse en s'accompagnant du bel instrument. Charmée par la douce voix de son fiancé, la princesse épuisée ferma les yeux et glissa vers le pays des rêves, bientôt rejointe par le chevalier qui s'était endormi en chantant... Ils arpentèrent longuement les chemins de cet étrange domaine, et rencontrèrent enfin le dragon du sommeil caché sous l'arbre des songes.

« Ô gentil dragon,

dit le chevalier, pardonne mon erreur.

Je te supplie de revenir chez nous, car nous souffrons cruellement de ton absence. »

Le dragon, qui s'ennuyait un peu au pays des rêves, prit les fiancés sur son dos et accepta de revenir dans le royaume.

Dès son arrivée, les habitants sentirent les nuées bienfaisantes du sommeil les envelopper. Quand ils se réveillèrent au matin du mariage, tous étaient souriants et reposés. Le dragon fut de la noce, bien sûr. Il fit juste bien attention de ne pas respirer trop fort pour ne pas endormir tous les invités. Et la nuit suivante, tous les habitants firent de

merveilleux rêves pleins d'amour et de baisers.

Table

des matières

Pour
Son Altesse Royale
La Princesse Zoé

Certifié PEFC
Ce produit est issu de forêts gérées durablement et de sources contrôlées
PEFC/46-31-13
www.pefc-france.org
Achevé d'imprimer en mai 2021 par Rotolito en Roumanie
Numéro d'édition : J21255
Dépôt légal : octobre 2021.